科學怪人

Frankenstein

瑪麗・雪萊（Mary Shelley）◎著
孟劭祺◎譯
伍迺儀◎繪

晨星出版

第一章 誕生

十一月的一個夜晚，我看著自己辛苦的成果，趕緊收好周遭的儀器，準備迎接眼前即將誕生的生命。當時已經凌晨一點鐘了，外頭沉悶的雨水啪嗒啪嗒地落在窗格上，房裡的蠟燭也幾乎要燒光了，在微光下，我看到「它」張開眼睛了！澄黃呆滯的眼睛，「他」費力地開始呼吸，四肢也跟著抽蓄鼓動著。

該怎麼描述呢？怎麼描述眼前這個可憐人的樣貌呢？他的四肢比例相稱，有一張我爲他挑選的漂亮臉蛋。漂亮！——我的天啊！他泛黃的皮膚幾乎遮不住肌肉與動脈的線條，頭髮烏黑閃亮而且平順，牙齒有如珍珠般潔白。但是這些都與他暗褐色的眼窩、乾枯的膚色和黑色的雙唇形成恐怖的對比。

歷經兩年辛苦的工作，我唯一的目標，只是爲了讓一個無生命的軀體擁有生命。我犧牲了休息時間與身體健康，無法克制對它的熱烈渴望，但是目標達成

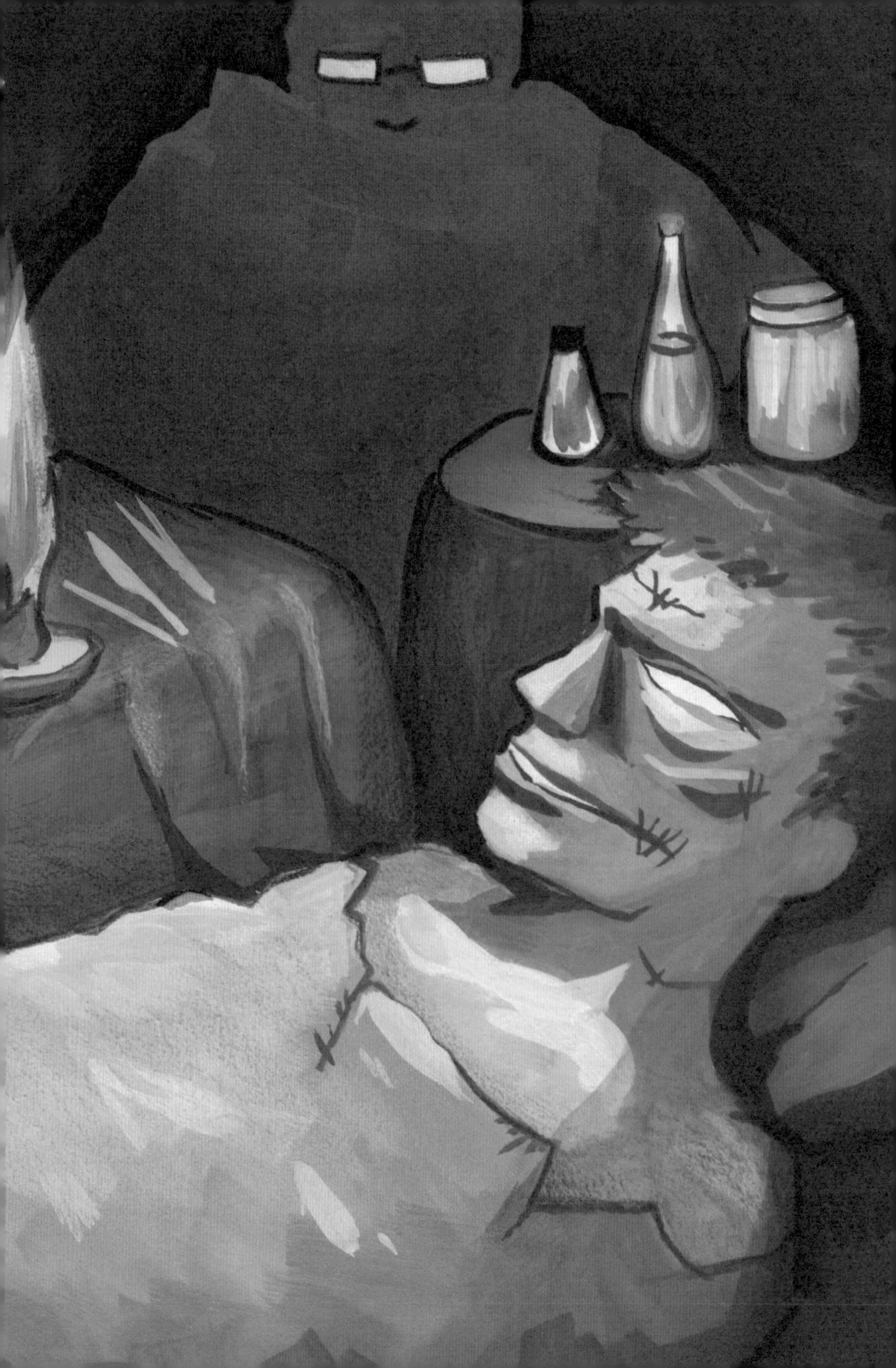

後，所有熱忱也跟著消失了，隨之而來的是使人窒息的恐懼與厭惡。我匆匆跑出房間，在臥房裡來回踱步好長一段時間。我無法安然入睡，但終究不敵疲累與睏倦倒臥在床上，試圖忘掉這一切。

*

我做了奇怪的夢。在夢中我見到了伊莉莎白，我親愛的表妹，沒有血緣關係的表妹。她走在茵戈爾施塔特的街道上，我又驚又喜地擁抱著她，但是當我獻上初吻時，她的唇變得蒼白，她的面容……竟是我已故的母親！一塊布包裹著我母親的身體，在法蘭絨衣服的褶層中還有屍蟲爬行著。我從睡夢中驚醒，額頭冒著冷汗、牙齒打著顫、四肢也抽蓄著。就在這時，昏黃的月光中，我看見那個可憐人——那個我創造的悲慘怪物。他抓起了床的帷幔，雙眼盯著我看，他張著嘴含糊地發出一些不清楚的低音，他的雙頰因爲齜牙咧嘴而皺起，似乎在說話，但是我沒有聽到。他伸出了一隻手想要扣住我，我急忙逃開，匆匆跑下樓。我跑到庭院裡不安地走動著，聚精會神地留意著每一個聲音，每個聲音都讓我感到害怕，因爲那些聲音彷彿都在告訴我，「它」或說「他」正在接近中。

哎呀！沒有人可以承受那張恐怖的面容。就算是一個復活的木乃伊，也不會像那個可憐人那樣的可怕。他還沒復活的時候，他只是醜陋的軀體，然而當那些肌肉與關節能夠活動後，他就變成了一個怪物。

我就這樣神經兮兮地度過了那個夜晚。

*

陰沉潮溼的清晨終於降臨，我的雙眼因爲失眠而感到疼痛，我看見茵戈爾施塔特教堂的白色尖塔與時鐘，時鐘指著六點的位置。看門人打開了庭院的大門，我快速踱步到街上，害怕著那個可憐人會在某個轉角處出現。也不敢回到自己的房間，有股力量驅使我加快腳步，儘管天空烏雲密布，儘管我的身體已經被傾洩而下的雨水浸溼。

我就這樣持續地走著，藉由身體的活動，努力紓解心頭上的負擔。我穿越了街道，但完全不知道自己身在何方，或是自己正在做些什麼。我的心因爲恐懼而撲通撲通地跳著，步伐凌亂得焦急前進，不敢環顧四周。

一輛馬車朝我駛來，停在我站立的地方，車門開啓時，我看到了克萊佛．克萊佛，他一看到我便從馬車上跳了下來。「我親愛的弗蘭肯斯坦，」他驚叫著：「看到你真是太高興了！多麼幸運啊，我從馬車下來的時候你正好在這裡！」

沒有比見到克萊佛更讓人高興的事情了。克萊佛是我在家鄉日內瓦的摯友，他的出現讓我想起父親、伊莉莎白以及記憶中所有親密的家鄉景物。我緊抓著他的手，感受到好幾個月來都未有過的平靜與安詳。我以最熱忱的方式歡迎我的朋友，我們一同往我的學校走去。克萊佛花了相當長的一段時間談論著我們共同的朋友，以及他能夠前來茵戈爾施塔特的緣故。「你可以想像得到，」他說：「要說服我父親有多麼的困難。但是最後他終於同意我航行到這個知識的國度。」

「見到你是我最高興的事了。克萊佛，請告訴我，我的父親、弟弟們以及伊莉莎白都好嗎？」

他繼續說著：「非常好，只是很少聽到你的消息讓他們有點擔心。喔！而且我打算替他們教訓你一頓。但是……」他突然停住腳步，緊盯著我的臉，「我怎麼沒有注意到，你看起來是如此消瘦與蒼白，彷彿守夜好幾天了。」

「你猜對了。我最近一直都全神貫注於工作，所以沒能好好休息。但是我希望，我由衷地希望，這些都已經結束了，我終於能夠解脫了。」

我劇烈地發抖著，無法再去回想昨晚發生的事，更別說要向克萊佛提起那個怪物了。我腳步飛快地走著，想到那個怪物可能還留在房間裡，也許還到處走動著，就讓我發抖。我懼怕去看到那個怪物，但是我更怕克萊佛看到他。因此，我請克萊佛在樓梯下等幾分鐘，然後我狂奔至房間。在還來不及讓自己鎮定下來前，我的手已經握在門鎖上了，一陣冷顫傳遍全身。就像小孩一樣，預期門的另一邊有個妖怪站在那裡等待著，所以我猛力推開房門——但是空無一人。房間是空的！臥房也沒有那可憐人的蹤影！我不敢相信如此的好運降臨了，我欣喜地鼓起掌來，並且跑下樓去找克萊佛。

傭人爲我們端上了早餐，我無法遏制自己的欣喜，跳到椅子上，拍著雙手大聲笑著。克萊佛起初以爲我是因爲見到他而歡舞，但他後來發現我的雙眼中有一種狂暴，而我那響亮、放縱與冷酷的笑聲，讓他感到害怕。

「維克特・弗蘭肯斯坦！」他叫喊著：「我的天啊！你怎麼了？不要以那種方式狂笑。你眞是病得不輕！到底是怎麼回事？」

「不要問我，」我摀住雙眼大聲叫喊，以爲自己看到那個怪物滑進房間來，「**他**—可以告訴你。啊，救我！救救我！」我幻想自己被那個怪物捉住，猛烈地掙扎著，在一陣昏厥後我跌下了椅子。

可憐的克萊佛！他會怎麼想呢？原本欣喜期待的會面，卻變得如此怪異。我經過好長、好長的一段時間才恢復意識。

但這只是緊張型高燒的初期症狀而已，這場高燒讓我數個月無法外出。我病得非常嚴重，眼前一直出現那個怪物的形體，我語無倫次地說著怪物的事情。克萊佛，是唯一照料我的人，最初他認爲我是因爲精神錯亂而產生幻覺，但是我不斷地重複提到相同的事，他才終於相信我是因爲某些不尋常的事件，而變得如此怪異。

＊

過了好長一段時間。落葉消失了，新芽從窗外的那些樹上冒出來了。春天到來了。「天哪！克萊佛，」我驚叫著：「整個冬季，你都是耗在我的病房而不是在學習上。我該如何回報你呢？」

「只要你盡快好起來，就是對我最好的回報了。而且你現在看起來精神很好，我可以跟你談一件事嗎？」

我震顫著，擔心他會提到我不願想起的那號人物。

「鎮定下來，」克萊佛說，他發現我臉色變了：「如果你會感到焦慮，我就不提了。但是如果你父親與表妹可以收到你的親筆信件，他們一定會非常高興。他們幾乎不知道你病得有多重，長期沒有你的音訊讓他們感到不安。」

「我也想念我最親愛的家人與朋友，就只是這件事情嗎？親愛的克萊佛。」

「那麼，我想你會很高興看到一封已經躺在這裡好幾天的信。這封信是你表妹寫的。」

第二章 來自家鄉的信件

克萊佛將伊莉莎白寄來的信放到我手中。

我最親愛的表哥，

你生病了，而且病得很重，即使仁慈的克萊佛不斷地寄信說明你的情況，我還是無法放心。雖然你無法拿筆寫信，但是我們需要你解除我們的憂慮。姨丈因為我的勸阻而無法前去茵戈爾施塔特探望你，我也為自己無法前往感到悲歎。不過現在都過去了。克萊佛在信中提到你正在康復。我非常渴望你可以盡快親筆確認這個消息。

快點康復——並且回到我們的身邊，回到幸福愉快的家。你的父親很好，他想要見你是因為想確定你是安好的，如此就不會有任何掛慮。另外，當你看到恩尼斯特，你親愛的弟弟，你會非常高興！他已經十六歲了，充滿活力而且渴望成為一個真正的瑞士人，他希望從事外交工作。但是我們無法離開他，至少要等到他的兄長回到我們身邊。姨丈不喜歡他到一個遙遠的國家擔任公職。而且恩尼斯特無法像你一樣用功，他視學習為可憎的束縛。他的時間都花費在戶外活動上，不是登山就是在湖中划船。我真擔心他會變成一個遊手好閒的人。

親愛的表哥，我也希望你可以回來看看年幼的威廉。他有雙會微笑的藍眼珠、黑黑的睫毛以及捲曲的頭髮。當他微笑的時候，雙頰各有一個小酒窩，臉色健康而紅潤。而且他已經有一兩位小妻子了。

親愛的表哥，寫著寫著我精神好多了。但語畢，我又開始感到不安。我最親愛的維克特──只要你能夠寫下一行字──一句話，就是對我們的祝福。萬分感謝克萊佛的仁慈以及他所寫的許多信件，我們衷心感謝。再見！我的表哥。照顧你自己，還有，我懇求你，寫信給我們吧！

伊莉莎白・拉凡薩

「我親愛、親愛的伊莉莎白！」讀完她的來信後我呼喊著：「我會立刻回信讓他們安心。」

*

自從那個怪物誕生的夜晚，我對自然哲學這名稱也感到厭惡。現在看到那些化學儀器，也讓我緊張不安。克萊佛發現了這點，所以他將所有器材都搬離，也幫我換了房間，因爲他察覺到我不喜歡那個實驗用的房間。

克萊佛追尋的文學與我所從事的截然不同。他到大學是計畫讓自己成爲完美的東方語文大師，他深受波斯文、阿拉伯文以及梵語等語文的吸引。能夠與我的朋友成爲同學讓我如釋重負，我也在東方文學家的作品中，找到了慰藉。閱讀那些著作時，彷彿被溫暖的太陽與玫瑰花包圍著。

夏天就這麼過去了，我原定要在秋末返回我的家鄉日內瓦，但是旅程因爲一些事頻頻遭到延遲，直到冬天來臨，霜雪使馬路無法通行，旅程只好再度延遲到來年春天。我是多麼的渴望回到家鄉見見我鍾愛的家人和朋友啊！

五月時，克萊佛建議我在茵戈爾施塔特的周圍進行一趟徒步旅行，親自對這個居住這麼久的地方道別。我接受了這個提議，而克萊佛一直是我最喜歡的旅伴。

我們旅行了兩個星期，清爽的空氣、途中的自然風景以及朋友間的談話，讓我獲得力量。以前的研究隔絕了我與同儕來往的機會，讓我變得不愛交際，但是現在我重新喜歡上自然風貌與兒童的笑顏。平靜的天空以及青翠的田野，就能夠讓我滿心狂喜。春天的花朵在圍籬裡盛開，那些屬於夏天的花朵也已經含苞待放。去年的那些壓迫感已不復見。

旅行的這段期間，克萊佛的才智著實讓人驚嘆。他的話語充滿想像力，時常模仿波斯與阿拉伯作家，自行創造出富於奇妙幻想與熱情的故事。有時會重複朗誦著我最喜歡的詩歌，或是運用伎倆引誘我加入他的爭辯。

第三章 噩耗

我們回到住所時，發現父親寄來了一封信件：

我親愛的維克特，

也許你正不耐煩地等著確定能返鄉的信件。我最初只想要寫幾行字，僅僅是為了提到我希望你回家的日子。但那將會是一種殘酷的仁慈，當你期待著幸福溫暖的迎接時，吾兒，結果卻會是相反的，你看到的將會是淚水與悲傷。我能想像你現在有多麼驚訝。我該如何闡述我們的不幸呢？該如何將這悲痛的消息傳達給我那離家已久的兒子呢？我希望這麼說能使你準備好接受這個消息，但是我知道無論如何都是不可能的，即使現在的你，眼光正掠過字裡行間，尋找著那可怕消息的字句。

威廉死了！——那個可愛的孩子，他的微笑讓我感到溫暖愉悅，他是那麼的溫和，又那麼的天真！維克特，他是被謀殺的！

我沒辦法試圖安慰你，但是我會簡單的敘述事情的經過。

上個星期四，我、我的外甥女以及你的兩個弟弟到普蘭帕萊散步。那是個溫暖晴朗的夜晚，所以我們比平常走得更遠。在我們準備返家時，天色已經暗了，但是沒看到走在前面的威廉與恩尼斯特的蹤影，因此我們先坐在一張椅子上休息，等著他們回頭找我們。不一會兒，恩尼斯特回來了，問我們是否有看到威廉。他說之前還跟他玩在一起，那時威廉跑去躲起來，而他則是到處找他，但徒勞無功，後來等了好長的一段時間，威廉都沒有回來。

這讓我們感到驚慌，我們持續地找他直到黑夜降臨，伊莉莎白推測他可能已經回家了。但是，他並不在家裡。我們帶著火把重新回去尋找，光想到我那可愛的孩子迷路了，暴露在潮溼結露的夜晚，我就無法休息。伊莉莎白也非常痛苦。大約在清晨五點鐘的時候，我們發現原本活潑可愛的孩子，已經臉色蒼白，直挺挺地躺在草地上一動也不動了。他的脖子上還留有兇手的指印。

即使我試圖阻止伊莉莎白，她仍堅持進入停放遺體的房間，倉促地檢查威廉的脖子。

她昏倒了。當她甦醒後，只是不斷地哭泣與嘆息。到目前為止我們都沒有兇手的蹤跡，儘管我們不曾鬆懈，努力地尋找兇手，但我心愛的威廉怎樣都回不來了！

回來吧，我最親愛的維克特；只有你能夠安慰伊莉莎白。她反覆指控自己是害死威廉的人，她的話語深深刺痛我的心。我的兒子？你親愛的母親！唉！維克特！感謝上帝沒有讓她活著目睹她最小、最親愛的孩子遭遇殘忍、悲慘的死亡！

回來吧，維克特。不要徘徊在復仇的思維裡，請帶著平靜仁慈的情感回來，那將能夠治癒而不是加劇我們心靈的創傷。帶著仁慈，而不是對敵人的憎恨回來吧。

你悲痛的父親

阿爾馮斯・弗蘭肯斯坦

克萊佛注意到我讀信時的表情從喜悅轉爲絕望。我將那封信扔在桌上，雙手掩面。

「我親愛的朋友，發生什麼事情了？」克萊佛大叫著。

我指著那封信，然後極度不安地在房子裡來回踱步。當克萊佛看完信後，他的雙眼湧出了淚水。

「我無法安慰你，我的朋友，」他說：「你無法挽回這個不幸。你打算要怎麼做？」

「立刻回到日內瓦。跟我來，克萊佛，去安排馬匹。」

步行途中，克萊佛試圖說出安慰的話語，但他只能夠表示衷心的慰問。「可憐的威廉！」他說：「純眞可愛的孩子，他現在與他的天使母親在一起了！所有曾因他而感到溫暖的人們，一定都會爲他哭泣。是怎麼樣殘酷的兇手，竟可以殺死幸福天眞的稚子！可憐的小傢伙，唯一能夠感到安慰的，就是他已經安息了，苦痛已經結束了，永遠結束了。一塊草地將覆蓋他的身體，威廉他再也不會痛了。」

克萊佛說的這些話，深深烙印在我心中，之後每當我獨處，我都會想起這些話。之後，我坐上馬車匆忙地跟他道別。

＊

眼前開始浮現六年前離開家鄉時的景色，途中因爲無法承受內心的悲痛，我在洛桑停留了兩天。我凝視著湖泊，湖水是寧靜的，四周也都是寂靜的，覆雪的山脈、自然風景都未曾改變。

沿著湖畔的馬路，在接近家鄉時變窄了。我看見熟悉的侏羅山脈以及白朗峰閃亮的峰頂。我如同孩子般哭泣。「親愛的山脈啊！美麗的湖泊！你們是如何歡迎你們歸來的遊子啊？你們的峰頂是清晰的，天空與湖泊都是湛藍寧靜的。這是撫慰我，還是嘲笑我的不幸呢？」

我的家鄉，我鍾愛的家鄉！有誰能明白我再度看見那溪流、那山脈的激動，誰能明白我看見那湖泊的喜悅！

抵達日內瓦近郊時，天色已經暗了。城鎮的大門也已經關閉，我被迫在賽雪龍過夜，那是一個距離市區數公里遠的村莊。

由於我無法入睡，所以前往威廉被殺害的現場。我搭乘小船穿過湖泊抵達普蘭帕萊，途中看到幾道閃電以最美的姿態在白朗峰峰頂上閃動著。暴風雨就要到來了。所以我一上岸就登上一座低矮的山丘，以便觀察暴風雨雷電交加的過程。

天空滿布著烏雲，很快地就下起猛烈大雨。

天地昏暗，暴風雨愈來愈強，天上響起轟隆雷聲。當我起身離開回頭走時，雷聲在綿延的山脈間迴響著，閃電的強光使人目眩，湖泊被照得通亮，像是一片火海。然後，頃刻間，萬物再度回到漆黑的狀態。雷電在天空各處閃爍，最猛烈的正好在城鎮北方的上空，就在貝爾瑞福岬以及科配特村莊之間的湖泊上方。另外一陣雷電照亮侏羅山脈，還有一陣讓湖泊東邊的摩爾山峰忽明忽暗。

我邊觀看如此驚艷的表演，邊倉促地繼續前行。這場在天空上演的壯麗戰爭，提振了我的精神。我緊握雙手並且大聲呼喊：「威廉，親愛的小天使！這是你的葬禮，這是你的送葬曲！」這時，我察覺到陰暗處有一個人影，從樹叢後方偷偷地溜走。我專注凝視著它，我知道我沒有看錯。一道光芒照亮了一切，讓我

清楚看到它的形體，它身形巨大，畸形的面容遠比人類醜陋，「它」，是那個我賦予生命的污穢惡魔！他在那裡做什麼？「他」，會是殺害威廉的兇手嗎？這個想法讓我顫慄。我的牙齒格格打顫，必須靠在樹上來支撐站不穩的身體。他迅速地從我眼前掠過，消失在黑暗中。

除了他，沒有人會殺害純潔的威廉。他就是兇手！我毫不懷疑。雖然是突然浮現的猜測，但卻是一個不可抗拒的事實。我想追捕那個惡魔，但另一道光讓我看到他已經在沙勒維峰近乎垂直的山壁上攀爬，他矯健地抵達峰頂後就消失無蹤了。

這時雷聲已經停止，但雨仍持續下著，眼前是一片無法穿透的漆黑。我內心一再浮現那些試圖忘記的事——創造出他的整個過程，親手縫製的那個外貌，還有在我床邊活生生地走動的模樣。自從他誕生至今，已經過了將近兩年的時間，威廉是他第一個受害者嗎？不！我將一個邪惡的壞蛋釋放到這個世界上了，而他的樂趣是製造不幸。

天剛破曉，我直接往城鎮的方向邁步前進。想立刻展開追捕兇手的行動，但一想到必須提起那晚的事，我猶豫了。想起自己因爲那個怪物，有一段時間都陷於緊張型高燒，如果說出來一定會被當作是精神錯亂。如果換作是其他人，我也一定會當他是在胡言亂語。我不得不對這件事保持沉默。

回到家時，大約是清晨五點鐘。我吩咐傭人不要打擾家人，我直接走進圖書室等待。

這六年好像一場夢，但夢不會留下難以抹滅的痕跡。我站在當年離家前最後一次與父親擁抱的地方，凝視著放在壁爐臺上的母親畫像，她的打扮質樸，臉頰蒼白，但神態高尚而美麗，不容任何人投以憐憫。下方是威廉的小畫像，我的淚水不禁汨汨而下。這時恩尼斯特急忙來到圖書室迎接我，悲喜交加地看著我：「歡迎回家，我最親愛的哥哥，」他說：「眞希望你是在三個月前回來的，那麼我們就能歡欣鼓舞地迎接你。現在卻只能與我們分攤無法抹去的苦痛，但我依然期望你的出現能讓父親恢復生氣，你的勸說能停止伊莉莎白徒然的自責。可憐的威廉！他是我們的寶貝也是我們的驕傲！」

淚水從他的雙眼滑落下來，一股悲痛揪著我的心。

「伊莉莎白是我們之中，」恩尼斯特說：「最需要安慰的了。她指責自己造成弟弟的死亡，她感到非常痛苦。」

這時，父親走了進來。他的面容滿是悲痛的痕跡，但是他強顏歡笑地迎接我。

過沒多久伊莉莎白出現了，分離的這段時間她變得比兒時還美麗。還是像從前那樣眞誠活潑，但多了感性與智慧的面貌。「親愛的表哥，你的到來讓我充滿希望。唉！我們無法承受失去了心愛的威廉，不願他被悲慘的命運奪走。」

父親與伊莉莎白的悲痛，還有其他家人的淚水，家園的淒涼——都是我一手造成的，我那應受詛咒的雙手！自責、恐懼和絕望撕扯著我的靈魂，彷彿預告著：這個詛咒還會持續。

第四章 旅途

我如幽魂般走著，因爲我埋下了可怕的禍根。我無法獲得良心的平靜，而是陷於痛悔與罪惡感中。

父親注意到我性情與習慣上的改變，堅強地勸說：「維克特，對活著的人而言，你必須克制自己無節制的悲傷。因爲過度的悲傷只會妨礙幸福與快樂，甚至影響正常的生活，而無法再融入這個社會。」我只能用絕望的神情回答我父親，然後努力隱藏自己的抑鬱。

我時常在晚上家人都歇息後，搭著小船在湖面上度過好幾個小時。有時候，我會開啓船帆隨風吹送。有時候，划到湖心讓船自行漂流，然後自個兒沉浸在愧疚的省思中。當四周一片寂靜，我獨自漫步著，希望獲得平靜，唯有如此我才能給予家人安慰與幸福。

但我辦不到，我每天都生活在恐懼之中，擔心那個怪物仍持續著他的惡行。這一切噩運尚未結束，只要我心愛的人還活在這世上，每一分每一秒都讓我感到畏懼，畏懼再度失去。每當想到那個怪物，就會咬牙切齒，雙眼冒火，並且誓言消滅那個我草率創造的生命。我的憎恨與報仇慾望全部都爆發出來。我要在安地斯山脈的峰頂將他猛然摔下山底。我希望再見到他，好將對他的憤怒徹底釋放，為威廉的死復仇。

父親的健康深受影響，伊莉莎白不再快樂，所有的喜悅在她看來都是對死者的不敬。她不再是那個會與我漫步湖岸，開心地談論未來願景的幸福女孩。

我痛苦地看著這一切，雖然我不是兇手，但是毫無疑問的，我是造成這一切的眞兇。伊莉莎白體貼地牽著我的手說：「親愛的維克特，你必須讓自己平靜下來。威廉的事已經影響了我，天知道這影響會有多深遠。但是我並不像你，你的臉上有時浮現的是絕望，有時則是報復，這讓我感到擔憂。親愛的維克特，請趕走那些黑暗的憤怒。看看你身旁的家人、朋友們，難道我們無法再讓你重回快樂了嗎？當我們相愛，當我們對彼此吐露眞心的時候，我們便能在這個美麗的土地上，你的家鄉，得到和平的祝福——有什麼可以妨礙我們的詳和呢？」

難道連我珍惜如上天恩賜的女孩，也不足以趕走潛伏在我心中的惡魔嗎？即使她說著這番話的時候，我也擔心著「他」會在這一刻出現，從我身邊將她奪走。

因此，友誼、大地或是天空的溫暖與美麗都無法將我從悲痛中救出來。我被一片密布的烏雲包圍著，像個受傷的小鹿拖著牠無力的四肢，到達杳無人跡的草叢裡，在那裡凝視著穿透身體的箭，等待逝去。

*

我決定離開家，朝阿爾卑斯山谷前去，期望在壯麗永恆的景色中忘卻自己，忘卻悲傷而短暫的生命。

我沿著夏摩尼山谷流浪。童年時常常拜訪這個地方，這六年來，我已是一個身心遍體鱗傷的人——但是這些自然風貌卻沒有任何改變。

我起程時是以馬代步，但後來租用了一隻騾子，因爲騾子的腳步更穩健，在崎嶇不平的道路上騾子比較不容易受傷。

我深入阿維深谷時，四周環繞著高聳的山脈和懸崖峭壁，溪流在岩石間憤怒奔騰，石頭上水花噴濺和瀑布急衝而下的撞擊聲，展現上帝創造自然萬物的力量，我的內心因而無所畏懼。登上更高處時，山谷顯得更爲驚人壯麗。在松林茂密的山壁上，矗立著一座座城堡廢墟，和阿維河谷四處遍布的林間小屋，構成了一幅美麗非凡的景色。偉大的阿爾卑斯山啊！雪亮的山峰尖頂與蒼穹，屹立於萬物之上，彷彿是屬於另一片土地，另一個生物族群的住所。

我經過培里希爾橋時，深谷在眼前延伸，我開始攀登一旁的山脈，很快地就進入了夏摩尼山谷。覆雪的高聳山脈立於兩側，但是這裡沒有任何荒廢的城堡和肥沃的田野。廣陌的冰河隆隆作響，可以從上方繚繞的煙霧辨識出冰河的路徑。而最高的白朗峰，高聳於四周的山峰，襯映著巨大的蒼穹。

在這趟旅程中，我的內心時常感到興奮，並爲眼前的宏偉而激動。總能在途中察覺新事物，使我想起了往日的回憶，那段無憂無慮的時光。山風低語安慰著我，大自然的美景讓我不再哭泣。然而，撫慰沒有持續，不一會兒我再次被悲傷束縛，再次沉浸於不幸的哀怨中。於是我開始用靴子踢著我的騾子，狂奔著想忘卻一切，我一度跳下騾背，將自己拋擲在草地上，再度被恐懼與絕望擊垮。

最後，我抵達了夏摩尼村。逗留在下榻旅店的窗口，觀看著白朗峰上黯淡的閃電光芒，聆聽著阿維河的奔流聲，像搖籃曲般安撫我入睡。

第五章 相遇

隔日清晨醒過來後，憂傷再度襲擊心頭。大雨傾盆落下，濃霧掩蓋了山脈的峰頂。我邁出步伐穿越朦朧的面紗，在雲霧中找尋著安佛特山的山頭。我記得自己第一次看到持續移動的巨大冰河時，內心既興奮又激動，好比心靈長了一對翅膀，可以從陰鬱的世界翱翔到光明幸福的另一端。大自然肅穆凜然的景象，可以讓我暫時忘卻人生的憂慮。我決定不帶嚮導獨自前往，因爲如果有其他人一起去的話會破壞孤獨莊嚴的景色。

山路崎嶇陡峭，經過蜿蜒的路徑可以登上垂直的山脈。那是一個非常孤寂的景象。到處都可看到冬季雪崩的痕跡，樹木斷裂倒地並且散布在地面上。有些已全毀了、有些則是枝幹彎了、有些傾靠在高山的突岩上、或是橫躺在其他樹木上。往更高處邁進時，登山路徑被雪谷切斷，不斷有落石從山上滾下來。松木既不高大也不濃密，但天空是幽暗的。一大片濃霧穿過山谷的溪流緩緩升起，接著捲縮成環狀物縈繞在山頭之間，山脈頂峰隱藏在層層雲朵裡，雨水從陰暗的天空傾瀉而下。

我們休息時，一場夢能毀了睡眠。
我們起身時，一徬徨就能影響一整個白晝。
我們感受、想像或猜測；大笑或大哭，
擁抱盲目的悲痛，或丟棄煩惱；
都是一樣的——因為，無論喜悅或悲傷，
離去的路徑仍然是自由的。
昨日永遠不會跟明日相同；
無常是唯一的解釋！

當我登上山頂時已經接近中午了。我在一塊可以俯瞰冰原的岩石上坐了一陣子。一團霧覆蓋住冰原與周遭的山脈。不久，一陣微風將雲吹散，我就這麼走到冰河上。冰河像翻騰的海洋，一波接一波地浮動，一道又一道的裂縫點綴著。冰原幾乎有數公里寬，我花了近兩個小時橫跨。對面是光禿禿的垂直岩壁，安佛特山距離數公里遠，她的身後是非常雄偉的白朗峰。我在岩石間逗留，注視著眼前驚人宏偉的景色，廣大如海洋的冰河，蜿蜒依靠在山脈間。我興起一股歡喜，大叫著：「正在流浪的靈魂們，如果你們眞的在流浪，不要在那些狹窄的床上休息，讓我能夠擁有微弱的幸福，或者帶著我，與你們爲伴，遠離這一切。」

突然，我看到一個人影以超乎人類的速度向我奔來。他在我剛剛小心行走的冰原裂縫上，跳躍前進。當他靠近時，他的身形也是超越常人。我感到困惑，這時一團霧氣飄到我眼前，我感到一陣暈眩。但是山裡的冷冽強風讓我恢復清醒。當他更靠近時，身形顯得巨大可惡，我知道他是誰。因爲憤怒和畏懼使我全身發抖，我要給他致命一擊來結束他的生命。他停在我的眼前，他的面容既醜陋又噁心，恐怖得沒人敢注視。我以憎惡的言語痛罵他、以輕蔑的眼神怒視他。

「惡魔，」我呼喊著：「你膽敢靠近我？你難道不怕我的猛烈復仇？走開！

或是讓我將你踩踏成塵土！藉由消滅你，讓我恢復那些被你殘忍殺害的生命！」

「我已經猜到你會這樣，」那個惡魔說：「所有人都憎恨可憐的人。而像我這樣一個比任何人都可憐的人，更不知它被嫌惡到何種程度了！而你，我的創造者，你厭惡唾棄自己創造的東西，那麼我們之間只能經由一方的消失來解除這個噩運。但只要你對我盡你的義務，那我也會對你及其他人類盡我的義務。你遵守我的條件，我就會放過他們和你。但如果你拒絕，我將會剝奪你心愛的家人和朋友們，來消除我的憤怒與不滿。」

「可憎的怪物！你是個惡魔！地獄的折磨也不足以作爲你的懲罰。來吧，讓我將自己粗心大意賦予的生命熄滅吧。」

我竭盡全力往他跳去。他輕易地閃躲，並且說：

「冷靜下來！我請求你聽我說。我還不夠可憐嗎？你還試圖要讓這一切更糟糕嗎？讓我擁有生命可能不幸，但我很珍惜，所以無論如何我都要活著。記住，雖然我是你創造的，但我比你還強大、身高比你高、關節也更柔軟。我不願與你敵對。但請你背負你的責任，而我也會對我的主人更加溫和與馴服。弗蘭肯斯

坦，不要只是對其他人抱有關愛，卻只踐踏我，我值得你的仁慈與寬容。記住，我是你創造的。我應該是你的亞當，但是我卻更像墮落的天使，無緣無故被你驅趕出來。到處都有天堂之樂，但是唯獨我被排除在外。我原本的天眞善良，都因爲一連串的不幸讓我成爲一個殘暴的人。只要你有辦法讓我感受到愛，我將忘卻那些不幸，恢復善良的本性。」

「走開，我不要聽你說。我們之間無法溝通，我們是敵人。走開，要不然讓我們在打鬥中較量，其中一個人必將倒下。」

「我要如何讓你明白呢？怎麼乞求你都沒用嗎？相信我，弗蘭肯斯坦，我需要愛與人性才能發光——但是我獨自一人，要如何在這悲慘的命運中保有善良？我已經流浪好幾天了，冰冷的深山是我唯一的住所，因爲那是唯一可以躲避人類怨恨的地方。我爲這些淒涼的天空歡呼，它們比你們人類寬容。你們一個一個地武裝自己來毀滅我，那麼我的憎恨不就是理所當然的嗎？人類必須分攤我的痛苦，但你有能力補償我，並且解救他們，如果你不願意，不只是你，你心愛的家人，很多人將會被憤怒的漩渦吞沒。喚醒你的同情心吧！不要鄙視我。聽我說，當你聽完一切，你就能夠明白。而且根據人類的法律，任何罪人在被定罪前都有權力爲自己辯護，即使他們是有罪的。弗蘭肯斯坦，你指控我犯下殺人罪，而你爲了彌補自己的愧疚想殺了我？哼！你做得到的話。」

「你爲什麼要叫我回想往事，」我反駁道：「我抗拒想起那些事，你誕生的那一天就是噩運的開始！走開！不要讓我看到你那可惡的外表。」

「沒問題，」他說，並且用他那汙穢的雙手摀住我的雙眼，我猛力甩開。「只要你看不到我，你就可以聽我述說，並且憐憫我。我的故事很長，你沒有辦法在這個寒冷的地方聽我說完。我們到山上的小屋吧，太陽仍高掛在天上，在日落前我的故事就會結束。那個時候你再做出你的決定。讓我不再對人類下手或是讓你的親友遭受苦難。」

我跟著他穿越冰原。心想至少聽完他要說的話，因爲我的確想知道他誕生後做了些什麼事、遇到了什麼人，或許會因此產生幾分同情。到現在，我一直認定他就是殺害我弟弟的兇手，如今我有機會確信這個想法。同時，這也是我第一次除了憎恨，對他產生責任感，我是否應該在控訴他的邪惡之前，給予他擁有快樂的機會？因此，我們穿過了冰原，登上了另一端的岩石後進入小屋。他看起來很開心，但我的心情無比地沉重沮喪。他開始講起他的故事……

第六章 孤獨

我費了一番功夫才意識到自己的誕生，依稀記得有一道強光使我無法睜開雙眼，然後一片黑暗使我感到困惑。我起身開始行走，好像有往下走，我不是很清楚。我最後走到茵戈爾施塔特附近的森林裡休息，躺在一條小溪的旁邊，直到餓了、渴了，我才從昏睡中甦醒過來，我吃了懸掛在樹上或是掉落在地上的莓果，啜飲溪水來止渴，然後再度昏睡。

再次醒來時已經是黑夜了。離開你的房間前，我因爲感到寒冷穿了幾件衣服，但區區幾件衣服不足以抵擋夜露之凍。我感到無助與不知所措，冷冽的空氣向我襲來。不久，我看到樹林間升起了一道光芒。我疑惑地凝視著，它照亮了我的路徑，引領我再次出發尋找莓果。但我依然覺得冷，這時我在一棵樹下發現了一件斗篷大衣，我裹著那件大衣坐在地上。飢餓、口渴，還有耳朵裡的聲音，各種氣味都讓我感到孤寂。我唯一感到慰藉的，就是凝視著那道光芒——皎潔的月光。

*

我度過好幾個無助的夜晚，漸漸清楚地看到我飲用的清澈溪流，以及提供遮蔽的樹葉與樹木，周遭的一切越來越清晰。原來那些一直在我耳邊響起的愉悅聲音，是有著小翅膀的動物發出的。有時候，我試圖模仿小鳥的愉悅叫聲，想要像牠們一樣以悅耳的聲音傳達我心中的感受。但是我口中發出的卻是粗魯難聽的聲音，嚇得我緊閉自己的雙唇。

後來我的雙眼習慣了光線，並且可以分辨出昆蟲與植物的不同。我發現麻雀只會發出刺耳的音調，但那些畫眉鳥與歌鶇則是發出悅耳與迷人的旋律。

有一天，我注意到流浪的乞丐們所留下來的火堆，當我靠近火堆時，感到非常暖和，我興奮地將手伸到餘火之中，但是馬上痛得大叫，我不明白這是爲什麼。我注意到火堆是由木頭生起的，於是迅速地收集了一些樹枝，但是它們遲遲無法燃燒，我呆坐著看著火。沒多久，原本放在火堆旁溼答答的木頭被烘乾了，木頭因此燃燒了起來。這時我明白爲何剛剛撿拾的樹枝無法燃燒了！急忙收集大量的木頭放到火堆旁烘烤，讓火焰持續著。當夜晚來臨，我用乾木頭與樹葉小心地蓋住火堆，並且在上面放置溼的樹枝，然後我將斗篷攤開來，躺在地上睡著了。

早晨醒來時，我急忙去看看那堆火。撥開樹枝後，一陣微風吹來激起了火燄。於是我用樹枝做了一支扇子，煽動扇子的時候，幾近熄滅的餘火再度燃燒了起來。後來我找到了旅人們留下來的一些烤熟的肉，滋味比我從樹上採集下來的那些莓果更好。因此，我試著以相同的方式將莓果放在燃燒的餘火上，但莓果並沒有變得更有滋味，我改以堅果與根莖類食物嘗試就變得好多了。

然而，我常常花一整天的時間，搜尋少許的橡實來果腹，我決定離開，去尋找一個有足夠食物的地方。因爲離開了火堆，我不得不將自己包裹在斗篷裡過夜。我穿過了樹林，往日落的方向走去，就這樣走了三天，最後終於發現了一片曠野。前一晚降下了一場大雪，所以田野都是白的，世界顯得一片慘白，而我因爲雙腳被白色的東西覆蓋而打寒顫。

大約早上七點鐘，我發現了一間小屋，小屋看起來是爲了方便某個牧羊人所建造的。我好奇地觀察了它的構造，門是開著的，於是我走進屋內。有個老人在爐火旁準備著早餐，他聽到我進門的聲音後轉過身來，他一看到我就驚恐地大聲尖叫跑出小屋，接著狂奔穿過田野。他的身形看起來不像能如此奔逃的樣子，我爲此感到有些驚訝。

小屋能抵擋外頭的雪和雨，而且地面是乾的，我的雙腳也恢復了知覺。那牧羊人的早餐包含了麵包、起士、牛奶與酒，我不喜歡酒。我狼吞虎嚥地吃光後，因爲抵擋不住疲勞，躺在乾草堆中睡著了。

當我醒來時已經中午了，我將那位牧羊人剩餘的早餐放到一個旅行袋裡，然後花了數個小時穿越田野，一路走到日落，來到了一個村莊。村莊是多麼和諧美麗啊！小屋、農舍與豪華住宅，整齊劃一地相鄰著，我看到一些農舍的窗口上放置著牛奶與起士，我選了其中最好的一家想要進門，但是門前的小孩們一看到我就開始尖叫大喊，有一個婦人還暈倒了。整座村莊都陷入了慌亂，有些人逃跑，

有些人開始攻擊我，我被石頭和其他東西砸到疼痛青腫時，才趕緊脫逃至曠野中。我全身捲縮著，害怕地躲藏在一間低矮的茅舍裡，這間茅舍很簡陋。緊鄰的農舍看起來舒適美觀，不過這次我不敢再貿然進到裡面去了。我躲藏的茅舍是由木頭建造的，因爲太低矮了，我難以挺直坐著。地面雖然沒有木板但至少是乾燥的，而且雖然風會從縫隙中吹進來，它還算是能躲避風雪的地方。我安慰地躺下，但只要想到嚴酷的季節、人類的殘暴，便讓我感到痛苦難過。

隔日破曉時，我立刻從地上爬起，以便看看一旁的農舍，並且觀察我是否能繼續住在這裡。茅舍位於農舍的後方，兩側分別有一個豬舍和一池清澈的池塘。我是從茅舍的小洞口爬進來的，我用石頭和木頭擋住縫隙，需要出去時再搬動移開就可以了。

我在地上鋪上乾淨的乾草後，看見遠處有個男人的身影，趕緊躲藏起來，擔心被他看到我又有苦頭吃了。那天，我只吃了一塊偷來的粗麵包和喝了一杯水，用杯子喝水比用手盛起方便多了。

我決定要住在這個茅舍，比起陰冷的森林，這裡簡直是天堂。我開心地吃著早餐，在我要移開一塊木板取水時，傳來一陣腳步聲，於是我從細縫往外看，有一個年輕女孩頭上頂著一個提桶，從茅舍前方通過。她舉止溫和，衣著樸實，唯一的裝束是一條粗布藍裙子以及一件亞麻布上衣，她簡單地將一頭秀髮綁成辮子，沒有其他的裝飾。她看起來有點悲傷，不久後就消失在我眼前。大約一刻鐘之後她又回來了，一樣頂著那個提桶，裡面裝了一些牛奶。提桶的重量似乎讓她步伐搖晃，這時一個表情看起來也很悲傷的年輕男子，從她頭上取下了提桶，將它提到農舍裡去，她隨後跟著進去。一會兒我又看到了那個青年，手上拿著一些工具，越過農舍後面的田地，而那個女孩一下子在屋內，一下子到院子裡，跑來跑去地忙碌著。

這回我仔細地環視茅舍的構造，發現農舍和茅舍間有一扇窗子相連，但是窗格已經被木板填滿擋住了，木板之間有個微小而且難以察覺的隙縫，剛好可以窺視農舍內部。透過縫隙可以看到一間白色、乾淨的小房間，但是幾乎沒有家具。靠近壁爐的一角坐著一個老人，少女則是忙著整理農舍。後來，她從抽屜裡拿出某個東西，然後坐在老人身旁，接著老人拿起樂器開始演奏出比歌鶇或是夜鶯更悅耳的音調。對我這個見聞鮮少的可憐人而言，那是一幅極爲美好的畫面。老人的銀白色髮絲與仁慈的面容叫人尊敬，而舉止溫和的少女叫人憐愛。老人演奏的是一首哀傷的曲調，因爲演奏時我看見少女的雙眼流下了淚水，但老人沒有注意到，直到她發出啜泣聲。他聽到後發出了幾個聲音，美麗的女孩便放下工作，跪在他的腳旁。他將她扶起並且溫和地微笑著。我感到溫暖，還有一種悲傷的喜悅，是我不曾有過的感受。我移開了視線不忍再看下去，因爲我無法承受這些情感。

不久後，那個青年肩上扛著一捆木材回來了。那女孩在門口迎接他，幫助他卸下身上的重負，並且帶了一些燃料進屋放置在壁爐上。然後青年拿出一大條麵包與一塊起士給她，她很開心。女孩走到菜園摘了一些根莖作物，放在水中，再放到爐火上，然後繼續她的工作。而那個青年則是走進了菜園，忙碌地挖拔出一些根莖作物。

這段時間，那個老人一直很憂鬱，但只要青年與少女看向他時，他就會裝出愉悅的樣子。他們用餐時，東西很快就吃完了，年輕的女孩再次忙於整理農舍，而老人則是倚著青年的手臂，在陽光下散步。

夜晚來臨時，我很驚訝地發現，農舍內有燭光持續點亮屋內，所以即使太陽沉落退下，我窺視人類鄰居所體驗到的樂趣也不會結束。晚上，老人再次拿起早上的樂器演奏，演奏結束後，年輕人接著發出單調的聲音，大聲朗誦著，但是那時候我對言詞或是文字都一無所知。

不一會兒，他們就熄燈睡覺了。

第七章 窺視

我躺在乾草堆上，卻無法入睡。想著白天的事，農舍的人舉止溫和得叫人安心，我渴望加入他們，但是我不敢。我無法忘記前一晚遭受到的對待，那些野蠻村民們的粗暴，所以我決定再留神觀察他們幾天。

隔天清晨，太陽還未升起時，他們就起床了。女孩整理好農舍並且準備好食物，年輕人則在吃完早餐後便到門外忙上一整天，女孩則是在屋內忙碌著。那個老人，我後來發現他是個瞎子，他閒暇時會彈奏樂器或是沉思。而兩個年輕人無微不至地照顧著他，對他盡是關愛與尊敬，老人也總是以親切的笑容回報他們。

*

經過一些時日的觀察，我發現他們不全然是快樂的，他們經常各自流淚。我雖然無法明白他們爲什麼不愉快，但是卻深受他們影響。爲什麼這些善良溫和的人會如此不愉快呢？他們擁有一棟溫暖美好的房子，能彼此在屋內相伴聊天，寒冷的時候有壁爐取暖，飢餓的時候有美食充飢，他們穿著樸實但衣食無缺。那些淚水暗示著什麼呢？是痛苦嗎？

過了相當長的時間我才發現是因爲貧窮。原來他們所遭遇的貧窮，會使人如此痛苦悲傷。他們的食物完全來自於菜園中的蔬菜，以及一頭在冬天牛奶產量非常少的母牛，因爲冬季時，牠的主人們幾乎買不起食物來餵養牠。我相信他們一定經常挨餓，特別是那兩個年輕人。因爲有好幾次他們都將食物放在老人的面前，自己則沒有保留任何食物享用。

這般關愛感動了我。我原先習慣在夜晚的時候偷吃他們的存糧，但是我發現這麼做會讓他們餓肚子時，就自行到鄰近的樹林中採集莓果、堅果與根莖植物。

我也發現到一個能夠幫助他們的方法。那個年輕人每天都花時間收集木材。因此，在夜間的時候，我時常拿著他的工具到森林裡去，並且帶回足夠他們使用好幾天的燃料。我還記得，女孩清晨打開家門的時候，看到一大堆的木頭在外面，她大聲驚呼，年輕人急忙跑到她的身邊，他看起來也是一樣的吃驚。那天年輕人沒有再去森林裡，而是留下來修理那棟農舍，在菜園裡幫忙耕種。我爲此感到開心。

我漸漸地從他們的言談中記下了一些我熟悉的物品名稱，**火**、**牛奶**、**麵包**與**木頭**，以及他們對彼此的稱呼，老人是**爸爸**、**德拉西**，女孩叫做**妹妹**或是**愛葛莎**，而年輕人則叫做**菲力克斯**、**哥哥**或是**兒子**。當我能夠發出與他們相同的聲音與詞彙時，感到無比的幸福。後來，我才知道這些語言與當地住民所使用的語言不同，我跟著農舍裡的人學習的是法語。

*

就這樣偷偷摸摸地度過了冬季。我非常喜歡他們，他們悲傷的時候，我會感到消沉，當他們快樂的時候，我也感染了他們的喜悅。我察覺到老人時常鼓舞著他的孩子們，他的語調使人感到平靜，他仁慈的表情叫人安心。愛葛莎總會尊敬地聆聽著，她的雙眼有時會泛滿淚水，但都會偷偷拭去。我發現她通常在聆聽她

父親的規勸後，她的面容和語調就會變得輕快。但是菲力克斯就不一樣了，他一直是他們之中最憂傷的，儘管如此，他的聲音比他妹妹的更加愉快，特別是與他父親對話時。

在貧窮困苦的生活之中，菲力克斯會高興地摘起雪地上第一個探出頭來的小白花，送給他妹妹。在大清早的時候，他會趁妹妹還沒起床時，就清掉牛棚小徑上的積雪。我也注意到他會幫鄰近的農夫工作，時常直到晚餐時間才回家，然而卻沒有帶著木頭回來。不過，他總是會驚訝地發現一直有人幫他補足庫存。其他時候他會在菜園裡工作，但是，嚴寒季節裡能做的事情很少，所以他會爲父親和妹妹朗讀文章。

我欣賞他們優雅美麗的氣色。起初我看到自己的樣貌時也是驚愕地往後退，無法相信那個映照出來的人是自己。哎呀！原來在我臉上的是如此畸形醜陋的臉孔，我怎麼能輕易地踏入人群呢！

後來春季到來，白晝變長了，雪也融了。菲力克斯勤奮地忙碌著，菜園裡的植物發芽了，食物變得充足，他們不再感到飢餓，氣色也顯得更加迷人。天氣晴朗時，老人每天中午都會倚著他兒子散步。

我後來明白當水從天空傾盆而降時叫做**下雨**。下雨會淋溼地面，但是一陣強風吹來就會將地面快速地吹乾，這個季節是多麼的讓人感到愉快呀！

我利用白天的時間休息，到了晚上，如果有月光或星光的話，我就會到森林裡收集自己的食物以及補充農舍需要的木材。回程的路上，會清除路上的積雪，並且偷偷幫菲力克斯做一些我觀察到的義舉。他們對於這些無形的幫助感到驚訝，有一兩次我聽到他們說**好心的精靈**，當時我還不了解那是什麼意思。

漸漸地我的思維變得活絡，想像著他們接待我的畫面。他們初見我時一定會感到作嘔，直到我展現溫和的舉止與善良的本性後，才能獲得接納，然後獲得他們的愛。

這些想法使我振奮，讓我充滿熱忱地學習語言。儘管我的聲音與他們柔和美妙的聲音大為不同，我還是學會以言語表達出心中的想法與感受。

第八章 渴望

現在我要講述那些讓我感觸深刻，那些改變我的事。

天氣變得晴朗。原本荒蕪陰鬱的大地，現在盛開著最美麗的花朵與青翠的草木。我爲大地的香味與美麗的景色驚嘆。

有一天晚上，我在收集食物和木材的回程路上，發現了一個旅行皮箱，皮箱裡面有幾件衣服與一些書。幸運地，那些書是用我學到的語言所寫的。《失樂園》、《普魯塔克的傳記集》以及《少年維特的煩惱》。擁有這些寶物讓我非常高興，我可以利用他們白天忙碌的時間，偷偷地躲在農舍裡學習。

後來，我在跟你借來的那件實驗室裡的衣服口袋找到幾張紙。我勤奮地研究上面的內容。那是你在創造我之前的四個月所寫的日記。你在紙張上詳細地說明了每一個步驟，關於我的出身，以及一連串令人作嘔的事情全都記錄在上頭，文字中描繪了你對於我的外表感到震驚與憎恨，我雙手緊握著那些紙張，感到噁心。原來「我得到生命的那一天，是可憎的一天！」我痛苦地大聲叫嚷著。

我看著農舍裡的人們，他們是那麼的友善仁慈，我相信他們會理解我、會同情我，並且不會在意我畸形的外表。於是我決定要找機會，改變我的命運。

雖然如此，我卻遲遲不敢行動，因爲擔憂事情會不如我的預期，擔心他們與其他人類一樣，對我的外表感到憎恨。

即便我努力克制這些恐懼，幻想著老人、菲力克斯與愛葛莎他們以天使般的笑容接納我，一起和他們愉悅地談天說地。但那全部都是幻想。

秋天就這樣過去了。看著樹葉腐爛掉落，樹林變得荒蕪陰鬱，天氣也變得寒冷。當花朵、鳥兒以及夏日的晴朗都離去時，我花更多時間觀察農舍裡的一家人。他們的快樂沒有因爲夏季的離去而消失，依然彼此關愛著，分享著喜悅互相依賴著，周遭的瑣碎小事都不足以影響他們的幸福。

我內心盼望加入他們，祈求他們能以親切和藹的眼神看著我，這是我唯一也是最熱切的希望。這一路觀察下來，他們不曾狠心對待來到門口尋求幫助的可憐人，所以我相信他們不會帶著鄙視與震驚的表情排拒我。

冬天將近，此時，我反覆思索著將自己介紹給農舍一家人。我腦海裡盤想著許多方案，最後決定在失明的老人獨處時登門拜訪。我知道我那邪惡醜陋的外表，是讓人感到毛骨悚然的主要原因。雖然我的聲音刺耳，但不會讓人感到畏懼。因此，我想我可以先讓老德拉西對我產生好感，也許，他就能讓他的孩子們也接納我。

*

當陽光照射地面上的紅色落葉時，天氣已經不再溫暖，但農舍一家依然散發著歡樂的氣息。那天，愛葛莎與菲力克斯離家到郊外遠足，老人自願獨自留守於農舍，他拿起吉他，彈奏了數曲憂傷但是悅耳的曲調，這些曲調比我之前聽他彈奏過的更爲悅耳憂傷。起初他愉悅地彈奏著，但漸漸地出現了深思與悲傷的表情，他將樂器放在旁邊，全神貫注地深思著。

我的心快速地跳動著，就是這一刻，改變我命運的時刻，它將實現我的希望或是將我打入更深的怨恨裡。農舍內外一片寂靜，緊張使我的四肢軟弱無力，我跌坐在地上。

過了一會兒，我再度站了起來，堅定地踏出茅舍小屋走向農舍門口。我敲了門。「是誰啊？」那老人說著：「進來吧。」

我走了進去。「抱歉，打擾了，」我說：「我是一個旅人，需要休息一下。如果可以，能讓我在壁爐前逗留幾分鐘取暖嗎？」

「進來吧，」老德拉西說：「很抱歉，我應該起身款待你，但不幸的是，我是個瞎子，我的孩子們也都不在家，恐怕沒能招待你。」

「不用麻煩了，我有食物。我唯一需要的只是溫暖與休息。」

我坐了下來，接著是一陣寂靜。每一分鐘對我而言都很寶貴，然而我還是優柔寡斷，不知要以什麼方式開口說出我的希望。這時候老人開口對我說：「陌生人，從你的口音聽來，我猜你是我的同鄉，你是個法國人嗎？」

「不是。但是我受教於一戶法國人家，而且只瞭解法語。我現在要去請求一戶人家接納保護我，因爲他們的善行，讓我擁有希望。」

「他們是德國人嗎？」

「不是，他們是法國人。我在這世上沒有親戚或是朋友。這戶人家不曾見過我，也完全不了解我。我感到害怕，因爲如果連他們都拒絕我的話，我將永遠地被拋棄。」

「不要絕望。沒有親戚朋友確實不幸。但是人類的內心，只要沒有偏見，都是友善慈悲的。因此，相信你的希望。如果這戶人家是友善的，就不要感到絕望。」

「他們富有同情心，是我見過世界上最好的人們。但是，遺憾地，他們有可能對我產生偏見，即便我沒有惡意。偏見蒙蔽了人們的雙眼，我是一個生性善良的人，但是他們卻只看到一個醜陋的怪物。」

「確實不幸，但是如果你眞的善良無惡意，難道無法讓他們信服嗎？」

「我爲此感到害怕。我靜靜地觀察他們好一段時間了。爲了克服這個偏見，我已習慣在他們休息時默默地幫一點忙，希望他們能相信我不會傷害他們。」

「這戶你想尋求保護的人家住在哪裡呢？」

「靠近這裡。」

那個老人停頓了一下，然後繼續說：「如果你願意毫不保留地對我詳述你的故事，也許我可以幫助你免除他們的偏見。我是個盲人，無法評定你的面容，但是你的話語，讓我相信你的真誠。我雖然貧窮，但我願意幫助他人，獲取心靈上的富有。」

「您眞善良！我願意接受您慷慨的提議。在您的協助下，我相信自己不會再被逐出於社會。我要如何感謝您，我的恩人？第一次有人願意傾聽我的故事，第一次有人願意和藹地善待我。」

「能告訴我那戶人家的姓名與住所嗎？」

我停頓了一下。就是這一刻了，它將決定我未來的命運。我掙扎著，想要鼓起勇氣回答他，但我卻開始大聲啜泣。突然，我聽到菲力克斯與愛葛莎的腳步聲。我已經沒有時間可以猶豫了，我抓住他的手大聲說著：「就是你們！請接納我、保護我！您還有您的家人就是我說的那戶人家。請不要遺棄我！」

「老天啊！」他大聲叫嚷著：「你是誰啊？」

在那一剎那，農舍的門被打開了，菲力克斯與愛葛莎進門了。我無法用言語形容他們的驚恐。愛葛莎嚇暈了，菲力克斯猛然向前，使出渾身的力量將我從他父親的雙膝前拉開。他憤怒地將我撞擊到地上，用一根棍子猛烈地攻擊我。我原本可以像獅子撕扯羚羊般將他撕成碎片，但是因爲感到萬分悲痛，我選擇逃出農舍。

第九章 怒火

我奔向樹林，以咆哮聲劃破夜晚的寧靜，發洩我的痛苦。就像是一隻破壞獵網的野獸，摧毀了所有阻擋在我眼前的東西，我就像雄鹿般敏捷地穿越了樹林。噢！我度過了悽慘的一夜！星星嘲笑著我，樹木擺動著枝葉輕蔑我，小鳥以歌聲笑我活該。除了我，萬物都在享樂。我就像是惡魔的頭目，在地獄裡稱霸。我想撕毀整片森林，大肆破壞這看似溫和慈祥的一切，然後坐下來欣賞被摧毀的廢墟。

太陽升起了，我知道我再也不能回到那間茅舍了。因此，我躲藏到濃密的灌木叢裡，思考著接下來的處境。

每當我想到在農舍發生的事情，我不得不承認自己的行動太過倉促魯莽。我應該先讓老德拉西熟悉我，然後才慢慢現身在他的孩子前。我決定要回到農舍尋

找那個老人，再次懇求他的憐憫。

歇息吃飽後，我朝通往農舍的熟悉小徑走去。那裡的一切很平靜，我爬回了茅舍小屋，等待他們起床。但是太陽已經高掛在天空上，農舍裡一片漆黑，沒有任何動靜。我顫抖著。

不久後，兩個鄉下人經過。他們在農舍門口用當地的語言激烈地交談著。這時菲力克斯與另一個人來了。我感到疑惑，因爲我確信那天早上沒有任何人離開農舍。

「你是否知道，」另一個人對他說：「你必須支付三個月的租金，並且失去菜園裡的作物嗎？我不想要不勞獲取你的財物，所以請你再多花幾天的時間考慮清楚。」

「完全不用，」菲力克斯回答道：「我們無法繼續住在你的農舍了。因爲那天發生的事，讓我父親的生命處於危險之中。我妹妹也受到極大的驚嚇，現在還久久無法平復。我請求您收回你的房子，讓我們逃離這個地方吧。」

菲力克斯發著抖說完這些話。他們進入農舍後沒幾分鐘就離開了。從此以後我就不曾再見過德拉西家中的任何一個人了。

夜晚，我狂怒地摔擲所有物品。我在農舍的周圍放置了所有我找得到的可燃物品，摧毀了菜園裡的所有作物後，我點燃了乾樹枝。

樹林裡颳起了一陣強風，快速地驅散了飄浮的雲朵。那陣疾風就像雪崩般沿路狂奔，讓我精神錯亂，火焰繞著我摯愛的農舍狂暴地舞動著。風勢增強了燃燒的速度，農舍很快就被火舌包圍吞沒。

*

確認農舍被燃燒殆盡後，我不知該往哪兒去。去哪都會遭受鄙視與憎恨，每一處對我而言都是地獄。最後，我想到了你。我的創造者，有誰能比你更明白我的請求呢？你在那些紙張上提過日內瓦是你的家鄉，所以我前往了日內瓦。

因爲害怕遇到人類，我只在夜色的掩護下行走。河水都結冰了，地面變得堅硬寒冷。我找不到一個可遮蔽的地方，內心滿是惱怒與悲痛。越接近日內瓦，復仇之心就越強烈。

有一天早上，因為走到樹林深處，所以我冒險在太陽升起後繼續向前。那是初春的一天，我感受到春天氣息帶來的喜悅，柔情的淚水流過我的雙頰，我感恩地望著那神聖的太陽。

我持續在林間小徑迂迴前進，直到走到一條湍急的河流旁，樹枝低垂在河流裡，新芽享受著沁涼的沐浴。我還在思索應該走哪一條路前進時，我聽到了聲響，趕緊躲到一棵落羽杉後。一名少女笑著跑了過來，她好像在與人賽跑。她沿著陡峭的河岸跑著，但是突然間，她的腳滑了一下，掉進了湍急的河流裡。我急忙從落羽杉後方跳出來衝向她，用盡所有力氣將她從強勁的水流中救起。但是她已經昏過去了，我盡我所能地叫喊、搖晃她，瞬間一個鄉下人往我猛衝了過來，將那女孩從我手臂中拖開，加速往樹林深處跑去。我快速地跟在後面，我也不知道為什麼自己會跟著跑去。但是那個人看到我跟在他後方時，他拿出攜帶的槍朝我的身體射擊。我跌落到地上，看著他加速躲進樹林裡。

這就是我的善舉所換來的待遇！我救了那女孩卻遭到攻擊？幾分鐘前感受到的愉悅，再度被狂怒給吞噬。忍受著肩膀上的疼痛，我發誓要向人類復仇！

我在樹林裡度過幾個星期，等待傷口治癒。彈頭穿進我的肩膀，而我不知道它究竟是留在裡面或是已經穿越出去，無論如何我沒有辦法取出它。現在，唯有復仇才能補償我所忍受的一切痛苦。

*

兩個月後，我抵達日內瓦了。那時已經是傍晚了，所以我先躲到周圍的田野，思考著見到你後該怎麼做。

但是我的思緒被一個嬉鬧的幼童給打斷。我看著他玩耍，突然想到小孩是純眞無邪的，一定不會對我有任何偏見，他也應該還不知恐懼爲何物。於是我一把抓住了他。但當他一看到我的外形時，他馬上遮住雙眼，發出尖銳刺耳的尖叫聲。我用力地將他的雙手移開：「孩子，我不會傷害你的。聽我說。」

他猛烈地掙扎著。「放我走，」他大聲叫喊：「怪物！醜陋的怪物！讓我走，要不然我要告訴我爸爸。」

「孩子，你永遠無法再見到你爸爸了。你必須跟我走。」

「醜陋的怪物！放我走。我爸爸是地方行政長官，他是弗蘭肯斯坦先生，他會懲罰你的，你會倒大楣的。」

「弗蘭肯斯坦！那麼你算是我的敵人囉！我發誓要報復的那個人……你將會是我的第一個受害者。」

那個孩子仍然掙扎著，不斷地咒罵我。我抓牢他的喉嚨讓他閉嘴，不一會兒，他就死在我跟前了。

我冷靜地離開，有好幾次我返回現場，在那裡逗留著，爲的是等你出現。

現在，事情的來龍去脈你都了解了。直到你答應我的要求，否則我不會放你走，我會持續我的惡行，直到我們其中一方毀滅。你必須再次創造出一個怪物，一個女怪物。她必須也是醜陋可憎的，必須是我唯一的同伴。

第十章 交易

「你必須爲我創造一個女性，有了她我就可以與她共享喜怒哀樂。只有你才能完成這件事，而且我有權力要求你，你不能夠拒絕。」

我再也無法壓抑內心裡燃燒的憤怒。「我當然拒絕。」我回答道：「要我創造出另外一個跟你一樣的怪物？讓你們倆對這世界爲所欲爲嗎？走開！你可以折磨我，但是我絕不會同意你的要求。」

「你錯了，」那個惡魔答道：「人類蔑視、攻擊我，而我卻不能反擊嗎？聽完我遭遇到的事，你還認爲我該對人類抱有憐憫之情嗎？不，我會因爲自己所受到的傷害而復仇。如果我無法獲得關愛與同情，那就讓我製造恐懼與憎恨，而且我的復仇對象將都跟你有關。」

他激動得臉部扭曲成一團，恐怖得叫人無法凝視。他繼續說道：「我勸你不要小看我的威脅。我的要求當然不會只是爲了我自己。如果有任何人對我仁慈，我必將加倍回報他們。哪怕只有一個人，我就能夠與所有人和睦相處！但是這是遙不可及的夢想。我要你幫我創造出一個異性，跟我一樣醜陋的異性。只要這樣就足夠了。沒錯，我們將會是一對怪物，但我們會與世隔絕，消失在人類的世界裡。因爲我們只需要彼此，也會更加照料彼此。我們的生活將不用再遭受仇恨與偏見。啊！我的創造者，讓我擁有快樂的機會吧！不要拒絕我的請求！」

這番話讓我動容。但是想到我必須再經歷創造怪物的那一切，我不禁發抖著。他的故事以及他的眞誠，的確證明他是一個有著細微情感的人。而我身爲他的創造者，難道不應該負起責任賜予他幸福嗎？

「如果你同意，你或是其他人類，都不會再見到我們。我們會前往南美洲廣闊的荒野。橡實與莓果就足以維生，我們會用乾燥的葉子鋪成床鋪，陽光會像照耀人類一樣照耀我們。拒絕我是殘酷的，你無情地創造我，又無情地遺棄我，現在還打算要無情地拒絕我唯一也是最後的要求嗎？」

「你說，」我回答道：「你會遠離人類，定居在只有野獸相伴的荒野中。但你是如此渴求人類的關愛與同情，我要怎麼相信你會像你說的，再也不會出現在人類的世界呢？倘若你再度回來，又一次地遭受憎恨與鄙棄，你內心邪惡的怒吼將會再次傷害人類，到時候是兩個怪物、兩個惡魔一同犯下罪行。我不能答應你。」

「我發誓，我會帶著你爲我創造的同伴，離開任何有人類的處所，生活在最蠻荒的地方。我邪惡的憤怒會因爲陪伴而消失，我們的生命也將會快速地流逝。」

他的話讓我對他產生同情，甚至希望能撫慰他。但是當我凝視他時，我再次感到作嘔。既然無法同情他，那麼我也沒有權力阻擋他獲得小小的幸福。

「你發誓，」我說：「不再傷害他人？在你殺害了威廉後，我還能相信你的誓言嗎？多了一位怪物同伴，難道不是你加速復仇的機會嗎？而你剛剛說的一切——渴望共享喜怒哀樂的同伴，都只是爲了騙取我的同情。」

「沒關係，我只要求一個答案。如果沒有另一位異性同伴，那麼我就讓憎恨與邪惡伴我一生。一個是創造出能消弭我復仇之心的同伴，一個是讓我終其一生犯下大罪。而且相信我，我的罪行是因爲人類的厭惡造成的。你有機會阻止我的罪行，但你不願意。」

我停頓了一段時間，深思著他敘述的所有事情。我想起他在農舍期間所展現的善行與美德，以及後來他遭受到的蔑視與攻擊。他的確是一個可以生活在冰河洞窟裡的人，他能在追捕中躲藏到難以接近的斷崖山脊間，是一個能在險境存活的人，對付他將會是徒勞無功。沉思了一段時間後，我認爲他的要求與條件或許是合理的。所以我決定答應他，我轉身向他說：

「如果你願意鄭重的發誓，在我把一個女性怪物交到你的雙手上時，你會馬上永遠離開歐洲及其他任何有人類的地方，我便同意你的要求。」

「我發誓，」他大聲地說：「以太陽、藍天以及我內心燃燒的渴望發誓，如果你同意我的懇求，只要太陽、藍天存在的一天，你就永遠不會再看到我。現在，你可以離開這裡回家了，並且開始你的承諾。我會默默看著你完成，不用擔心，在你完成前我都不會再出現。」

說完這些話後，他就迅速地離開了，也許是害怕我的承諾會有任何改變吧。

我看見他以比老鷹還快的速度下山，很快地消失在冰河起伏之間。

已過了一整天了，太陽也已經在地平線的邊緣了。

在我返回夏摩尼村之前，天已破曉。我沒有停留而是立刻返回日內瓦。回到家後，家人們都被我那憔悴虛弱的外表嚇到了，我沒有回答任何問題，幾乎都沒有說話。我覺得自己像是被咒詛般的，沒有權利得到他們的撫慰，好像再也不配當他們的家人。然而即使是這樣，我還是崇敬地愛著他們。而且爲了拯救他們，我決定再次專注於我一生中最厭惡的工作。

第十一章 散心

可是我無法鼓起勇氣重新開始自己的工作。我雖然擔心那個惡魔的報復，但還是無法克服對於此工作的反感。我發現自己必須要再投入好幾個月時間的埋首苦讀與研究，才能夠再組合出一個女性。我得知有位英國的哲學家已經有一些發現，其中的知識對我的成功具有關鍵的影響，所以我原本想要取得父親的同意，讓我能夠前往英格蘭，但是我拖延著。

我從夏摩尼村回來後的疲態已完全消失，父親很開心看到我恢復精神，但他仍不免擔心著我。我時常獨自划著小船在湖面上度過一整天，百般無聊地看著天上的雲朵，聆聽著水波的潺潺聲。宜人的氣息與明亮的陽光能讓我重拾內心的平靜。面對家人朋友時，我就能夠以微笑與爽朗的心情相待。

有一次散步完回家後，父親把我叫到身旁，對我說：「親愛的兒子，我很高興看到你已經恢復以往的心境，似乎就快能看到從前的你。然而我注意到你仍然不快樂，而且你還躲避著和我們相處談天。起初我不是很明白，但是昨天我突然有一個猜測，如果我猜的沒錯，我懇求你坦白。不然，會讓家人都感到痛苦。」

父親的言語讓我感到害怕，我發抖著，擔心他察覺到了什麼。

「我的兒子，我承認我一直期盼你能夠與親愛的伊莉莎白結婚。你們從小就依附著彼此，你們一起學習成長，在性情與品味上也是如此相配。但是這樣的想法對你或許是種傷害。也許，你只是將她視爲自己的妹妹，沒有任何想要娶她爲妻的意願。甚至你可能已經遇到另外一個你所愛的人了。但是，對伊莉莎白的道義責任，造成你強烈的痛苦。」

「親愛的父親，請您放心。我是眞心的愛著伊莉莎白。不曾有一個女人像伊莉莎白一樣，讓我想要保護與疼愛。我是想娶她的。」

「親愛的維克特，聽你這麼說我感到安慰。那你願意近日就舉行婚禮嗎？威廉的離去，將我們抽離了平凡的幸福。你還很年輕，但是我相信現在規劃婚禮並不會妨害你的未來。然而，我無意支配你的幸福，不要因爲我而答應。誠心地、坦率地理解我說的話，然後回答我。」

我沉默地聆聽著父親的話語，我無法回答。我的內心紛亂。因爲現在與伊莉莎白結婚，無疑是將她一同拉入地獄。我身負一個尚未履行的承諾，以及不能輕易脫離的束縛。如果我違背承諾，將會有多少不幸降臨在我摯愛的家庭啊！我必須先履行這沉重的承諾才能平靜地享受婚姻的喜悅。

還有我必須前往英國，不然就得與那些哲學家們長期通信，因爲他們的知識與發現對我目前的工作是不可或缺的，但通信是緩不濟急的。何況，我不能在父親的屋子裡從事那讓人憎惡的工作。我無法在這裡同時與家人維持緊密的相處，又偷偷摸摸地進行。我必須離開所有深愛的人才可以。只要我履行諾言，那個怪物就會永遠的消失。而我就能回到摯愛的家人身邊，娶伊莉莎白爲妻，讓我父親享受天倫之樂。

我向父親提出想要前往英格蘭的願望，但是隱瞞眞正前往的原因。父親認爲我可以透過旅行轉換心境，他相信我回來後將會毫無掛慮地幸福生活著，於是他同意我前往英格蘭。

我仔細考慮著應該要離家多久，也許是幾個月，或是最多一年。父親爲了確保這趟旅行我有人陪伴，他安排克萊佛在史翠斯堡與我會合。原先我認爲這個安排會妨礙我執行工作，然而，或許我可以在履行承諾前，先與朋友遊歷英格蘭。而且，有克萊佛在，那個怪物就不會輕易現身打擾我。等我完成我的工作後，我就可以回家向伊莉莎白求婚並且忘卻所有的不幸。

當我再度離開日內瓦時，已經是九月底了。伊莉莎白吩咐我快點回來，其他的話語她無法說出口，只是含著淚水與我道別。

*

在史翠斯堡與克萊佛會合後，我們決定從史翠斯堡搭著小船，順著萊茵河到鹿特丹，再搭上往倫敦的船。航程中，我們經過許多柳樹茂密的小島，還有幾座漂亮的城鎮。我們在曼海姆停留了一天，然後在第五天抵達了馬恩斯。萊茵河的景色在此變得更加美麗了，河流在優美陡峭的小山之間蜿蜒著。我們看到許多城堡廢墟矗立在斷崖邊，被高聳的黑森林圍繞著。萊茵河多變的景色讓人爲之振奮。我們看到茂盛的葡萄園，青綠盎然的河岸，還有繁華擁擠的城鎮。

我躺在船裡凝視著晴朗的藍天時，舉杯慶賀這可貴的平靜。更不用說此刻的克萊佛，他形容自己彷彿身在仙境，享受著眾神才能擁有的幸福。「我看過，」他說：「自己家鄉中最美麗的景色。我曾經造訪過琉森湖與尤里湖，那裡覆著白雪的山脈幾乎是筆直地聳立在水面上，黑影憧憧，若不是青翠的島嶼平衡了灰色調，那景象就只剩憂鬱與悲傷了。我造訪過拉維來斯以及佩斯得佛山，但是，維克特，這個國度比起那些宏偉奇觀更讓我興奮。瑞士的山脈雄偉壯麗，但是這神聖河流的河岸風光有一種魅力。看那斷崖上的城堡，還有隱藏在那座島上的美麗樹林，還有那群葡萄園的工人們，還有那個座落於山腰的城鎮。」

克萊佛！我鍾愛的朋友！即使到現在，你的話，你的讚許，依然充滿希望與活力。他歌頌著：

激湍的聲音縈繞我的心；
高岩、深山、森林，

其色彩、其形式，是我的一種嗜好；情之所鍾，無需假以回憶
一種深遠的趣味，亦無需借重，
視覺以外的情趣。

——華次渥茲的《亭潭寺》

之後我們來到了荷蘭平原。決定以驛馬走完剩下的路程，沒幾天就抵達了鹿特丹，並且從那裡經由海路繼續前往英格蘭。

第十二章 女怪物

我們在倫敦這個城市停留了好幾個月。我想盡辦法獲得英國哲學家的資訊，將我帶在身上的推薦信交給最頂尖的自然哲學家。

幾個月之後，我收到了一個蘇格蘭人寄來的信件，他在信中提到了蘇格蘭的美麗，並且詢問我們，是否願意造訪他的住處伯斯。克萊佛興奮地接受邀請，而我也樂於繼續遨遊山水。

現在已經是二月了。我們不打算走通往愛丁堡的大馬路，而是要造訪溫莎、牛津、梅特洛克以及坎柏蘭湖，並且決定在七月底完成此趟旅程。我打包我的化學儀器以及收集到的材料，決定到蘇格蘭北方高地的某個偏僻角落完成我的工作。

我們三月底離開了倫敦，在溫莎逗留了幾天，然後出發前往牛津。這裡的各個學院都獨具一格，街景莊嚴而美麗。美麗的伊希斯河穿越了青翠的草原，流向一片寧靜的廣袤水域，倒映著古蹟城堡的倩影。

離開牛津後，來到梅特洛克。這個村莊的郊外景色與瑞士相近，但是每樣東西的比例都小了一點。接著我們一路北行，在坎柏蘭與威斯特摩蘭度過了兩個月。現在我幾乎可以想像自己置身在瑞士的群山之間。那些小雪地，那些湖泊，以及湍急多石的溪流，都是令我熟悉與喜愛的景象。克萊佛遮掩不住他的喜悅：「我可以在這裡度過一生，」他對我說：「處在這些山脈之中，我幾乎不會思念瑞士與萊茵河了。」

我們按計劃繼續造訪坎柏蘭與威斯特摩蘭的各個湖泊，每當小憩片刻時，我就會不斷想起那個惡魔，他可能還停留在瑞士，等待時機對我的家人展開報復。每當信件到來，我都擔心是傳來惡耗。有時候我感覺那個惡魔其實一路跟著我，並且可能以我同伴的性命要脅我快速創造他的女伴。這些想法使得我一刻也不敢離開克萊佛，如影隨形地跟著他、保護他。

我帶著複雜的心思造訪了愛丁堡。愛丁堡是座浪漫的城堡，這兒的歷史意義更叫人爲之感動，亞瑟王的寶座、聖伯納德的井以及彭特蘭山丘……但是，這些我都無心一一遊覽，急切地盼望抵達行程的終點。

因此我們一個禮拜內離開了愛丁堡，並沿著泰晤士河到了伯斯，那位蘇格蘭的朋友正等著我們的到來。但是這時的我已沒有心情與陌生人們說笑，也無法扮演享受招待的客人。因此我告訴克萊佛我想要自行前往蘇格蘭。「你就盡情地玩樂，」我說：「就把這裡當作是我們的會合點。我可能會離開一兩個月，請讓我一個人獨處一些時日。當我回來的時候，希望能不再有所擔憂，並愉悅地加入你。」

克萊佛想勸我別獨自離開，但是他看出我心意已決，於是便不再反對。「我寧願陪著你，」他說：「也不願和這些我不認識的蘇格蘭人在一起。不過我不會爲難你，請快點回來吧。」

和克萊佛道別之後，我前往蘇格蘭一個較偏遠的地方，打算在那裡獨自完成工作。我相信那個怪物是跟著我的，那麼他的女伴誕生的時候，他就會自動現身。

我橫越了北方高原，選定了奧克尼群島中最遠的一個小島。是一個適合創造怪物的地方，因爲它只是一塊不斷被波浪侵蝕的高大巨岩。土壤貧瘠，只放牧了幾頭瘦弱的乳牛，以及總共可供五個居民食用的燕麥片。從居民憔悴瘦弱的四肢，能判斷出他們食物的粗劣。蔬菜、麵包甚至清水，都要從大約五英哩遠的本島取得。

整座島嶼上只有三間簡陋的小屋，我租用了一間無人居住的空屋。裡面只有兩間房間，茅草屋頂已經塌了下來、牆壁也沒有塗上灰泥，而且門把也已壞了。我吩咐人將它修好，並且買了一些家具。當屋子都整理好後，我便在無人干擾的情況下住了下來。

白天我都在屋子裡工作，晚上，如果天氣良好，我就會在滿布石子的海灘上行走，聆聽海浪嘯聲並且讓白浪潑濺在我的腳上。我思念家鄉日內瓦，她的景色與這荒蕪駭人的海景大不相同。她的山丘覆蓋著藤蔓，而她的農舍則是遍布於平原上。她的美麗湖泊倒映著柔和的藍天，當風吹起時，湖面的波動宛如嬰孩的雙腳在上頭揮舞嬉戲著。我日復一日地思念著家鄉，思念著她。

有時候連續好幾天我無法說服自己走進實驗室，有時候則是日以繼夜辛勤地工作。一件讓人反感的工作。第一次創造怪物的時候，我的熱情可以無視於他的醜陋，但是現在熱情不再，被迫冷血地進行這個噁心的工作。

就這樣，沒有任何事物可以轉移我的注意力，我精神不濟，越來越焦躁緊張。無時無刻擔心著惡魔的出現。有時候我會坐著盯著地面，因爲害怕一抬起眼睛，就會看到他。散步時，我不敢離開島上居民的視線，擔心他會在我獨處時前來索取他的伴侶。

然而儘管我每天焦慮地活著，我的進度卻已經大大超前。我急於完成卻也懼怕看到成果。

第十三章 違背承諾

有一天晚上我坐在實驗室裡。太陽已經西沉，月亮正從海面升起。因爲光線不足，所以無法工作，只能暫停下來思考，是否該休息片刻或是不停歇地專注工作。就在這時，我的內心開始產生一些疑慮。三年前我以相同的方式創造出一個惡魔，而他空前未有的殘暴。現在另一個怪物就要誕生了，她的性情是否如他一樣邪惡？或者可能比他還壞上一萬倍，甚至爲了滿足己慾，以殘害他人作爲樂趣。即便那個惡魔發誓會遠離人類，並且躲藏在沙漠裡，但是她並沒有發誓。而且她和他一樣會有自己的想法與情感，可能會拒絕遵守一個她從未答應的諾言。他們甚至有可能會怨恨彼此，而不是像他所希望的，互享彼此的歡樂與感傷。那個怪物曾爲自己的外形感到震驚作嘔，難道看到了同樣畸形的同伴，不會彼此厭惡嗎？她也可能感到作嘔離他而去，那麼他又會再次孤身一人，並且會因爲遭受同類的遺棄而挑起新的怒火。

又或者他們眞的互相牽絆，遠離世俗到荒野中定居，但那個惡魔渴望的將不會只是一個同伴。倘若他們生了孩子，地球上就會繁殖出一個惡魔的種族，人類的生存就會面臨恐懼與危險。我能爲了自己，而將這個詛咒強加在後代子孫身上嗎？我被惡魔的詭辯所感動，他的威脅使我變得無知，現在，我首度驚覺自己的承諾是個禍害。想到後世可能因我而遭受迫害，我的自私，可能會威脅全人類的生存，我能夠承受這樣的代價來換得自己的平靜嗎？

我發抖著，內心感到不安。就在這時我抬起頭，在灰暗的月光之下看到那惡魔就在窗扉。他盯著我，雙唇因爲露齒笑而皺了起來。是的，他一直都跟著我。他在森林裡面遊蕩，躲在洞穴裡，或是藏身在遼闊的石楠荒原裡。現在，他前來準備迎接他的伴侶。

我看著他露出一抹竊喜的微笑，那笑容既詭異又可怕。想到我將要爲他創造另一個奸詐之人，我憤怒得顫抖著，於是我不假思索地將眼前的形體摧毀。那個惡魔目睹了這一切，他發出一聲絕望的怒吼之後就離開了。

數個小時過去，我待在窗邊凝視著海洋。沒有任何動靜，因爲風也變得寂靜，自然萬物都在寧靜的月光下歇息了。只有幾艘漁船散布在水面上，偶爾一陣微風吹拂，吹來漁夫彼此的呼喚聲。

幾分鐘後，我聽到屋子大門發出咯吱咯吱的聲音，有人試圖悄悄地闖入。不祥的預感爬遍我全身，我知道是誰走進門。我想要呼喚一位住在附近的農民，但是全身癱軟無力而無法呼救，這是噩夢中常出現的感覺，努力想要遠離一步步逼近的危險，卻一動也不能動。

腳步聲沿著通道傳來，房門被打開了，是的，那個惡魔出現了。他以一種讓人窒息的聲音說道：「你膽敢毀壞你的承諾。我一路上忍受了多少勞累，我沿著萊茵河河岸走著，穿越長滿柳樹的島嶼，在各個山丘頂峰上躡手躡足的前進。我在英國的石楠荒原以及蘇格蘭的荒野中居住了好幾個月。經歷了多少的疲勞、寒冷與飢餓。而你，竟敢摧毀我的希望？」

「滾開！我確實違背了我的承諾。而我永遠也不會再答應爲你創造另一個怪物。」

「住嘴！我警告過你，但是你已經證明你不配擁有我的寬容。你會看見我的力量，會清楚地明白自己做了什麼！你將會開始痛恨見到白天的陽光。你將會終日提心吊膽，即將襲來的風暴，將永遠地奪走你的幸福。你是我的創造者，但是現在我將是你的主宰者！復仇，從今以後是我生存的目的。比光線和食物還珍貴。我將狡猾如蛇地監視著你，用萬惡的毒液傷害你。老兄，你將會爲你今日的決定感到懊悔。」

「我已經對你宣告決心了，所以我不會懦弱得輕易屈服。走吧！我不會改變心意的。」

「很好。記住，在你新婚之夜我將會與你同在。」

我憤怒地跳起並且大聲叫著：「惡魔！你先確保你自己的安危吧！」

我伸手試圖抓住他，但是他輕鬆地躲過並且倉促地奔出門外。不一會兒，我就看到他箭矢般迅速地駕船離去，穿過海面，消失在波浪之中。

*

「在你新婚之夜我將會與你同在。」

惡魔的話語纏繞著我。那麼我生命的終點即將到來了。想到我鍾愛的伊莉莎白，想到她將發現我悲慘的離去，眼淚潸然落下，這麼多個月以來，我第一次懼怕得流下淚水。於是我下定決心，未經一番痛苦掙扎，絕不輕易在敵人面前倒下。

太陽從海平面升起。我離開那間屋子，離開了那叫人畏懼的房間。我走到海灘上，像個無法安寧的幽魂在小島上走著。中午時分，我躺在草地上昏睡而去。醒來後，我非常鎮定地回想昨晚的事，他的話語仍然像是警告信號般不斷地在我耳邊響起，猶如一場夢，但這場夢卻清楚得叫人感受到黑暗與恐懼。

一艘漁船在附近靠岸，其中一個人遞給我一個包裹，裡面是來自日內瓦的信件，其中一封是克萊佛寫的，他希望我盡快回去。他還有些事需返回倫敦協議，無法再延遲啓程的時間了。因此，他哀求我趕緊離開這個孤島到伯斯與他會合，然後我們就可以一起南下。於是，兩天後我離開了這座島嶼。

離開之前，我必須打包我的化學儀器。所以我必須進入那個實驗室，一打開門鎖，就看到被我摧毀的殘骸散落在地板上，驚悚得叫人無法呼吸。我想盡辦法鎮定，用顫抖的雙手將儀器搬出屋外，我不願那些東西引起鄉下人的驚恐與懷疑，所以放在一個籃子裡，並放入大量的石頭，準備在深夜時刻丟入海裡。

在清晨兩點到三點之間，月亮升起了。我將籃子放到一艘小艇之上，划離岸邊約四哩遠，看著眼前一片孤寂的景色。幾艘小船正朝岸邊回航，但是我卻與他們背道而馳，我避免與任何一個人交會視線。原本清澈的月亮，剎那間被厚厚的雲層遮蓋住，於是我利用那黑暗的瞬間將籃子擲入海裡。我聽著籃子下沉時的咯咯聲，然後駛離現場。天空烏雲密布，颳起的東北微風使氣溫變得寒冷，但是也讓我恢復精神，或許我該在海上多停留一會兒。我把舵固定好，伸展四肢躺在船板上。天空的雲朵遮住了月光，所有的東西都變得朦朧，只聽得見小船鼓浪前進的聲音，不久我就完全沉睡了。

當我甦醒時，太陽已經高掛在天上了。強勁的風已經將船遠遠吹離了海岸，我感到慌張，因爲身上沒有羅盤，對於環境又不甚了解。我仰望著天空，俯瞰著大海，難道這將成爲我的墳墓？

就這樣過了好幾個小時，太陽朝地平線落下，風勢變得平靜柔和，海面上也不再有一陣又一陣的碎浪。但長時間在海上漂蕩的我感到暈眩，幾乎無法掌舵，就在這時看到南方有個高地的輪廓。是陸地！

我用衣服做成另一面船帆，努力地朝陸地前進。我看到海岸附近有幾艘船，我小心謹慎地沿著蜿蜒的岸邊航行，看見海角後方出現的尖塔時，我忍不住大聲歡呼。當我忙著固定船隻與整理船帆時，人群朝我湧過來。他們似乎非常驚訝，彼此小心翼翼地低語著。我察覺他們說的是英語，因此用英語詢問道：「請問這裡是哪裡呢？這個城鎮叫什麼名字呢？」

「你很快就會知道了，」一個男人以粗啞的聲音回答著：「這裡顯然不是個適合你的地方，我保證沒人會願意留你一宿。」

其他人也顯露出不悅與生氣的表情，這讓我感到倉皇失措。「你爲何要如此無禮？」我說道：「英國人應該是不會對陌生人如此冷淡的。」

那人說道：「英國人我是不知道，但是對壞人冷漠以對是愛爾蘭人的習慣。」

這時我注意到聚集的人潮正迅速地增加。我詢問何處有旅館，但是都無人搭理我。我開始移動，他們一群人圍著我一起移動，人群中的低語聲開始變得吵雜。這時有人拍拍我的肩膀說：「先生，你必須跟著我到柯恩先生那裡去，去爲你自己辯白。」

「柯恩先生是誰啊？我爲什麼要去爲自己辯白呢？這不是一個自由的國家嗎？」

「當然，先生，對於誠實友善的人，是自由的國家。柯恩先生是一名治安官。昨天晚上有位紳士遭人殺害，你必須去解釋對方是如何死的。」

這一連串的對話讓我震驚，但我是清白的。我沉默地跟著他來到了城裡一間豪華的房子裡。

第十四章　復仇

治安官是一位仁慈的老人，舉止沉著溫和。他表情嚴肅地看著我，然後轉身詢問帶路的人有誰是目擊證人。

大約有六個人往前站了出來，其中一個父親說他昨晚與兒子出海捕魚，大約十點鐘的時候，有一道強勁的北風颳起，所以他們駛向港口請求靠岸。但他們沒有在碼頭靠岸，而是依照慣例停泊在碼頭以南約莫兩英哩處的一個小港。他們卸下部份的漁具後沿著沙灘前進，這時那位父親因爲腳踢到了什麼而跌倒在地。兒子前來攙扶他，在提燈的照明下，父子倆發現那是一個人，而那個人明顯已經死亡了。

原先以爲他是溺水而死的，但是他的衣服是乾的，體溫也不像是泡過海水般那麼冰冷。父子倆將他拖到一個老婦人的農舍裡搶救，但早已太遲了。那個人是個俊美的年輕男子，大約二十五歲左右。由於死者脖子上除了留有黑色指印外，沒有其他明顯的外傷，所以判斷他是被勒死的。

聽到指印時，我想起了威廉被殺害的手法，我四肢顫抖著，視線一片模糊，使得我需要倚靠椅子才能站穩。這時治安官眼神銳利地看著我。

兒子向前證明他父親的描述。而另一位目擊著則宣稱，在那位父親跌倒前，他在距離岸邊不遠處看到一艘船上坐著一個人，憑藉著星光，他說那艘船就跟我登陸時的那艘船是一樣的。

一個住在海灘附近的老婦人則說，她昨晚在農舍門口等待漁夫們的歸來，在那對父子求助的一個小時前，她看到一艘船急忙地駛離岸邊。

接連好幾個人也上前作證我靠岸登陸的事情，幾乎所有人都認為我是逃離案發現場後，抵擋不住夜間吹起的強勁北風，被迫又回到了岸邊。

柯恩先生聽完證詞後，將我帶到停屍間，他想觀察我看到屍體的反應。於是我走到棺材旁。

我該如何表達那瞬間的戰慄與恐懼呢？我的雙唇顫抖得無法抑制，看著克萊佛·克萊佛冰冷的身軀直挺挺的躺在我面前，回憶中他的笑容、話語、許許多多難掩興奮的表情，彷如泡沫般眨眼消失。我喘了口氣，撲倒在屍體上，激動地大聲呼喊著：「是我，是我害死了你！克萊佛！我的朋友，我的恩人，我已經害死兩個人了。不——」

＊

那之後我病倒了。與死神搏鬥了約莫兩個月，我聽說自己在重病時瘋狂地胡言亂語。說自己是殺害了威廉與克萊佛的兇手，我甚至懇求照料我的人幫我折磨那個惡魔。有時候，我感覺到那怪物的手指已經緊緊地掐住我的脖子，所以驚恐地放聲尖叫著。我是用法語呼喊著，只有柯恩先生聽得懂那些瘋言瘋語，但是我抓狂的模樣與淒厲的尖叫聲嚇壞了所有在場的人。

兩個月後，我像是從噩夢中驚醒一樣，起身發現自己置身在監獄裡，躺在一張破爛的床上，我環顧四周，全是獄卒、獄吏、門閂以及簡陋的土牆。原來這一切都不是夢，我痛苦地呻吟著。

坐在一旁睡覺的老婦人被我的聲音吵醒。她是受僱來看護我的人，她是其中一個獄吏的妻子，用漠不關心的語調對我說：「先生，你好點了嗎？」

我虛弱無力地回答她：「我相信有好點了。但如果這一切都是眞的，都不是夢，那麼我很遺憾我仍然活著。」

「關於這點，你說的也許對。」老婦人答道：「但那不關我的事。我只是被吩咐來照顧你，憑藉良心盡自己的本分。如果每個人都這樣就好了。」

我無奈地轉過身去，如此無情的話語，對我的康復毫無幫助。我感到軟弱無力，眼前漂浮的影像變得更加清晰。四周籠罩著一片黑暗，沒有人以溫柔的聲音撫慰我，沒有憐憫的手扶持我。醫生來了並開了藥方，老婦人餵我吃藥，但看得出來兩個人都不在乎我之後的命運。

有一天我坐在椅子上，雙眼半開著，雙頰蒼白得毫無生氣。這時牢房的門開了，柯恩先生走了進來，他拉了張椅子坐在我旁邊，用法語對我說：「我知道這個地方不適合養病，有什麼需要我可以幫你安排，讓你舒服點。」

「感謝你。但是在這世界上，已沒有東西能讓我感到舒適了。」

「我知道一個陌生人的同情，只能帶給你一點點的慰藉。但是，我希望你能證明自己的清白，那麼你就可以離開這裡了。」

「經歷了這一切後，我已經不在乎了。」

「你的不幸我深表遺憾。你意外地來到這個以好客聞名的海岸，一上岸就被指控謀殺。看到自己朋友的屍體便陷入了瘋狂，他被殘忍地殺害，兇手將他棄置在你經過的岸邊，試圖嫁禍於你。」

我對於柯恩先生的一番推論感到相當驚訝。他繼續說道：「你生病之後，身上的所有文件都立刻被交到我手上。我希望能聯繫你的家人，所以從中找到了數封信件，其中一封是你父親的來信。於是我寫了一封信到日內瓦，寄出信件後過了將近兩個月——也就是你生病的這段期間。」

「告訴我！是不是傳來噩耗？我現在該爲誰被殺害來哀悼？」我緊張地顫抖著。

「你的家人都很好，」柯恩先生溫和地說：「而且還有一個人前來探視你。」

我馬上想到是那個兇手前來嘲笑我，他打算用克萊佛的死來挖苦我，以此再度威脅我重返那可惡至極的工作。我遮住雙眼，放聲叫喊著：「啊！把他帶走！我不要看到他。老天啊！千萬不要讓他進來！」

柯恩先生非常困惑地看著我，用嚴厲的語氣說著：「年輕人，我沒想到你父親的出現會如此讓你反感。」

「我的父親！」我大叫著，臉上的每一吋肌肉瞬間放鬆了下來，我的語調轉為喜悅的語調：「我父親來過了嗎？他在哪裡呢？為什麼沒有趕緊來看我呢？」

治安官對我的情緒轉換感到又驚又喜。他應該會認為我前一刻的反常是精神錯亂所致，他站了起來，與看護一同離開了房間，不一會兒我就看到父親走進來了。

我雙手抓住他，焦急地問道：「父親，那麼您是安然無恙的。伊莉莎白呢？恩尼斯特呢？都還好嗎？」

父親向我保證家人都安好，這消息讓我平靜了下來。「兒子啊，你住的這是什麼地方啊！」他說，悲哀地望著一扇扇被堵住的窗戶。「原以為你旅行能感到快樂，但是災禍似乎追逐著你。可憐的克萊佛……」

想到因爲我而遭受不幸的朋友，我虛弱無力地流下了淚水。

「父親，」我答道：「一個可怕的噩運正威脅著我，我必須活著去面對。」

因爲我的健康狀態不穩定，所以無法交談太久。柯恩先生走了進來，堅持我應當好好歇息。不過父親是來治癒我的天使，幾天之後我逐漸地恢復了健康。

*

審判的日子近了，而我已經在監牢裡度過了三個月。我走過將近一百英哩的路程到鄉村小鎮的法庭上。柯恩先生非常小心地傳喚證人，並且爲我安排辯護人，所以我不用以罪犯的身分出現在大眾面前蒙受恥辱。大陪審團否決了訴狀，因爲克萊佛的屍體被發現時，我人在奧克尼群島上。兩個星期後我就被釋放出來了。

父親得知我無罪釋放後感到欣喜萬分，但是我卻沒有感到解脫。對我而言，生命的杯子已是毒物。我只看到四周圍繞著濃密的黑暗，不容一絲光線穿透，除了一雙怒目注視著我的雙眼。有時候是克萊佛意味深長的雙眼，黑色的眼珠被又黑又長的睫毛所蓋住。有時候是那怪物渾濁不堪的雙眼，就像在茵戈爾施塔特初次見到的一樣。

父親試著呼喚我看向他。他談到回去日內瓦的日子，還有伊莉莎白與恩尼斯特。我必須毫不耽擱，盡快回到日內瓦，回到家鄉保護我深愛的人們，並且埋伏等待那個兇手現身。如果我能找到他隱藏的地方，或是他膽敢出現在我眼前，我會毫不遲疑地結束他的生命。父親擔心我的體力，希望延後啓程的時間，但儘管我已經骨瘦如柴，枯槁的身軀被日夜折磨著，我仍希望馬上離開愛爾蘭。在我的堅持下，我們搭上了一艘前往哈維德葛瑞斯的船。

第十五章 婚禮

我們在巴黎停留了幾天以便讓我恢復體力。在我們準備離開巴黎前往瑞士的前幾天，我收到伊莉莎白的來信——

親愛的維克特：

收到姨丈從巴黎寫來的信讓我十分的喜悅。你們的距離已經不再那麼遙遠了，兩個星期內就能見到你們了。我可憐的表哥，你一定受了很多的苦！我能想像你的樣子一定比當初離開日內瓦時還不健康。這是個叫人痛苦的冬季，我渴求看到你安好無恙的面容。

這段期間我不會打擾你，你已經承受太多了。但是姨丈離開前和我談了一些事，我必須在見面之前對你說明。

說明！你可能會疑惑伊莉莎白有什麼好說明的？如果你真的這麼想的話，我心中的疑惑便解除了。但是你與我相隔遙遠，你可能會擔心，所以我不敢拖延，決定寫下你不在的這段期間裡，我時常想要對你說，卻從來沒勇氣表達的心情。

維克特，我們從小的時候，你的父母就一直計畫著讓我們結合。童年時期我們是非常好的玩伴，而且，我相信，現在也視彼此為珍視的朋友。但是我們對彼此也都懷著強烈的情感。告訴我，親愛的維克特。回答我，我懇求你，給我一個簡單的事實：你有其他的愛人嗎？

你一直在旅行。你待在茵戈爾施塔特好幾年，去年秋天回到家後你是那麼的不快樂，遠離人群奔向孤獨時，我不得不猜想你可能對我們的關係感到懊悔，但是卻礙於父母親的希望而負起對我的照顧。但這是錯誤的，我必須坦白，維克特，我深愛著你，在我夢想的未來中，你一直是我的朋友與伴侶。但是我渴望你幸福就像我渴望自己幸福一樣，因此除非你是自願的，自己決定的，自己選擇的，否則我們的婚姻會讓我終生不幸。我衷心希望，你能擁有自由去愛，別讓我成為你希望的絆腳石。

維克特，請放心，你的表妹與玩伴是真心愛你的，不要傷心。要幸福，我的朋友。希望這封信不會讓你陷入苦思，千萬別讓這封信擾亂你。如果造成你煩惱的話，那麼明天不要回答、後天也不要回答，或甚至等你回來時也不要回答。見到你時，看見你對我微笑，我就心滿意足了。

伊莉莎白．拉凡薩

看完信後我耳邊再度響起那個惡魔的話：「在你新婚之夜我將會與你同在。」他將會用盡詭計來摧毀我，將我從幸福中毀滅。好吧，那麼將有一場生死存亡的對抗，如果他獲勝了，那麼我將安息，他對我的威脅也將中止。如果我擊敗他了，我將重獲自由，我也將擁有珍愛的伊莉莎白。

伊莉莎白啊！我重複唸著她的信，幾許柔情溜進我的內心，讓我低語著充滿愛與喜悅的夢想，我願意死去讓她幸福。既然死亡是無可避免的，那麼婚期也無需延遲。在我的新婚之夜，那個怪物將與我同在。那個惡魔將因爲不樂見我幸福而及早對我下手。

我回覆伊莉莎白——

我鍾愛的女孩：

世上屬於我們的幸福已經不多了。如果我只剩下一天可以享受，那當然是回到妳身邊。驅趕那些無謂的憂慮吧！我的生命完全奉獻予妳，我會努力讓妳幸福。我有一個祕密，伊莉莎白，一個可怕的祕密。當我對妳揭露的時候，妳會嚇得全身發抖，將不再對我的痛苦感到困惑，妳會訝異我竟然能從這樣的痛苦中存活下來。我將在婚禮的隔日向妳吐露一切。親愛的伊莉莎白，請相信我。我懇求妳在那之前，不要提到或是過問。這是我最誠摯的請求，而我知道妳將會答應。

大約在一個星期後，我們回到了日內瓦。伊莉莎白溫柔真誠地歡迎我，她注視著我消瘦的身軀與發熱的雙頰，眼淚布滿她的臉龐。她也比以前更瘦了，那些我熟悉的氣質，快樂活潑的笑顏消失了。但是她的溫柔仍撫慰了我，我摯愛的女孩。

許多時候，我面無表情，也不與任何人交談，靜止不動地坐著，內心的痛苦無以發洩。只有伊莉莎白能將我拉回現實，她細語著，讓我感到平凡而幸福。有些時候，她會與我一起哭泣，為我哭泣。有些時候，她會告誡我，鼓勵著我。

*

回來後不久，父親問道：「你還有其他愛慕的人嗎？」。

「沒有。我愛伊莉莎白，也期待與她結婚。定下婚期吧！到了那一天，無論生死，我將為她的幸福獻出自己。」

「我親愛的維克特，不要說這種話。我們已經遭受了很多的不幸，現在我們會更加珍惜身邊的人，將對死者的愛給那些仍然活著的人。當時間緩和你的絕望，會有新生受到我們疼愛，代替威廉、代替克萊佛獲得我們的關愛。」

但是對我而言，那個惡魔正等待時機進行他的復仇。「在你新婚之夜我將會與你同在」這句話再度纏繞在我的心頭。我回覆父親，如果伊莉莎白同意的話，婚禮請在十天內舉行，那麼我的命運將迎來終點了。

*

婚禮已準備完成，我們接待了前來祝賀的賓客。每個人都以微笑獻上祝福，而我盡可能隱藏內心的焦慮，熱切地參與父親的計畫，儘管婚禮上的一切將只是悲劇的裝飾品。經由父親的幫忙，一部份屬於伊莉莎白的遺產已經由奧地利政府歸還給她，科莫河岸的一處別墅也是屬於她的。我們同意婚後立刻前往拉凡薩的別墅，並在別墅旁的美麗湖泊度過幸福的日子。

這一段時間裡，我盡可能地提高警覺，以防那個惡魔突然現身攻擊我，我身上一直帶防身用的武器，有了這些防備措施，我可以鎮定地籌備婚禮。然而當婚期更加接近時，那個惡魔的話語像是個錯覺，我渴望著能與伊莉莎白從此幸福。

伊莉莎白對於我的平靜感到安心，但是她的心中彷彿也瀰漫著一種不祥的預感，有些時候她的神情會顯露出憂傷。

婚禮當天，一大群人聚集在父親身旁。討論著我與伊莉莎白應該從水路開始我們的旅程，在艾維恩過夜，隔天再繼續我們的行程。晴朗的天氣，涼爽宜人的風，讓所有人在婚禮上都感到舒適愉悅。

這是我生命中享受幸福的最後時刻了。

我與伊莉莎白動身前往別墅。路途上太陽是炙熱的，但是我們躲在傘棚下避開陽光，享受著美景。有時候在湖的一邊觀賞沙勒維山、蒙塔勒格雷的景象，還有遠處聳立於群山之上的美麗白朗峰。有時候則到對岸欣賞巨大的侏羅山脈。

我握著伊莉莎白的手說：「親愛的伊莉莎白，如果妳知道我所受的折磨，妳就能明白我從絕望中感受平靜與自由，至少在這一天允許我享受。」

「親愛的維克特，你要快樂，」伊莉莎白回答著：「我希望沒有任何事情讓你憂傷。但是請你相信，即使我的臉上沒有展露喜悅，但是我的內心是滿足的。耳邊有人低語著，勸戒我不要相信我們眼前的幸福。但是我不願理會這聲音。看那雲朵時而遮掩時而上升的模樣，賦予了白朗峰趣味。也看那數不清的魚兒在清澈的水裡面游著，清澈的水面下有許多可愛的小卵石歇息著。多麼美好的一天哪！萬物是如此的和諧寧靜啊！」

伊莉莎白就是這樣子，體貼地將我從思緒中找回來。但是她的情緒波動著，雙眼時而閃爍著喜悅，時而充滿焦躁與不安。

太陽西下了。我們通過德蘭斯河，穿越高山間的峽谷和低矮的幽谷，此處的阿爾卑斯山脈更接近湖泊了。

迄今爲止強風推著我們前行，日落後轉變爲柔和的微風。靠近湖岸時，微風正好在水面上吹起了漣漪，樹木間產生了奇妙的飄動，帶來了花朵與乾草的宜人氣味。

第十六章 絕望

我們上岸時已經八點多了，我們在岸上散步了一小段時間，享受短暫的甜蜜，然後回到旅館，看著明亮的湖面在黑暗中變得模糊，卻仍不失光采。

強勁的風再度颳起，月亮升至高空中，雲層飛快的速度比禿鷹還要驚人，使月光變得朦朧。湖水倒映著天空繁忙的景色，突然間，一場暴風雨激起水花。

夜晚的黑暗讓我感到焦慮與恐懼，我的右手緊握住藏在胸口的手槍。每個風吹草動都讓我感到害怕。如果那個怪物要取我性命，他就必須也付出昂貴的代價，我絕對不會輕易地從戰鬥中退縮，直到我或是他，其中一方倒下爲止。

伊莉莎白在沉默中觀察我的一舉一動。我眼神中的決心讓她感到畏懼，她發著抖問道：「親愛的維克特，是什麼東西讓你不安呢？你在害怕什麼呢？」

「沒事的，伊莉莎白。」我答道。

就這樣過了一個小時，突然間我想到她不該目睹我與那個惡魔的戰鬥，於是我請求她去休息。我下定決心在我掌握那個怪物的動向以前，不會去打擾她。

伊莉莎白聽話地離開了，而我持續在房子裡四處走動了一段時間，察看每一個可能躲藏的角落。但是沒有任何蹤跡，心想難道是什麼東西阻止他前來取我性命。這時，一聲淒厲駭人的尖叫聲從伊莉莎白的房間傳來。這一聲讓我瞬間明白，明白那個惡魔口中的威脅，我的雙手垂了下來，身上每一吋肌肉都停止運作般，我感受到血液在血管裡面緩慢地流動，四肢震顫著。尖叫聲再度響起，我急忙衝進了房間。

天啊！爲什麼是她不是我？伊莉莎白，伊莉莎白死了，她橫躺在床上，蒼白扭曲的面容被頭髮遮掩著。不管我怎麼移動，不管我怎麼說服自己這是一場玩笑，都改變不了我眼前的景象，改變不了她蒼白的雙手以及癱軟的身軀。

*

我不記得自己是怎麼昏過去的，當我醒來時，旅館的人們圍繞著我。我無法理會他們嫌惡的表情與低語，我起身回到伊莉莎白的房間，我的寶貝、我的妻子、不久前她還充滿生氣。而現在，她躺著，頭倚靠在手臂上，一條手帕蓋住她的臉龐與脖子，她看起來像只是睡著了。我衝向她，激動地擁抱著她，冰冷的四肢告訴了我，雙手擁抱的已經不是過去那個善解人意的伊莉莎白了。我在她的脖子上看到那個惡魔殘忍的指印。

這時我抬起頭，淡黃色月光穿越了窗戶，照亮了房間，百葉窗被往後推開，露出了一個邪惡醜陋的人影。我驚恐地瞪大眼睛看著，那個怪物露出齜牙咧嘴的面容，他舉起那卑鄙的手指指向我妻子的屍體，似乎是在嘲笑我。我衝向窗戶，從胸口掏出手槍射擊，但是他躲開了，如閃電般快速地跑走，跳入了湖裡。

槍聲引來了剛剛圍繞著我的人群。我指向湖面，於是他們跟著我坐上小船追捕他。我們撒下了網子，但始終不見他的蹤跡。幾個小時後我們無功而返，不少人因而認爲只是我的幻覺。上岸之後，他們繼續在郊區搜尋著，分成數個小隊在樹林與藤蔓之間搜索。

我從房裡出發，想要跟上，但是走了一小段路後感到一陣暈眩，步伐踉蹌宛

請填妥後對折裝訂，直接投郵即可，免貼郵票。

廣告回函
台灣中區郵政管理局
登記證第267號
免貼郵票

晨星出版有限公司

407 台中市工業區30路1號

TEL：（04）23595820

e-mail：service@morningstar.com.tw

請對摺裝訂後寄出

姓　名：________________

e-mail：________________

地　址：□□□ ______縣／市______鄉／鎮／市／區______路／街

______段______巷______弄______號______樓／室

電　話：________________

我要收到蘋果文庫最新消息　□要　□不要

我要成為晨星出版官網會員　□要　□不要

我是 □女生 □男生　　　　　　生日：________________

購買書名：________________________________

請寫下您對此書的心得與感想：

□我同意小編分享我的心得與感想至晨星出版蘋果文庫討論區。
（本社承諾絕不會將您的個人資料外流或非法利用。）

貓戰士鐵製鉛筆盒抽獎活動

請將書條摺口的蘋果文庫點數黏貼於此，集滿3顆蘋果後寄回，就有機會獲得晨星出版獨家設計「貓戰士鐵製鉛筆盒」乙個！

點數黏貼處

活動詳情 http://www.morningstar.com.tw

如酒醉的人，最後不支倒地。我的視線模糊，皮膚因為發燒而燥熱。我被人扛了回去，我在房裡胡亂環視，像在尋找一樣失去的寶貝東西。

休息一段時間之後，我爬進了心愛的妻子的房間。房內婦女們哭泣著，我無神地望著這景象，流下了無聲的淚水。在威廉和克萊佛之後，是我的妻子，我一生的摯愛。這一刻，我的朋友們是否安全？是否已逃離那個惡魔的魔爪？甚至父親是否正痛苦不堪地被他掐住脖子，而恩尼斯特是否已經魂斷在他的腳邊。我失魂地發抖著，我必須啓程出發，以最快的速度回到日內瓦。

我雇了人幫我划船，自己也拿了一根槳，但是悲痛與混亂讓我無法划動船槳。我扔下船槳，雙手抱著頭，讓罪惡與懊悔占據我的內心。如果我抬起頭，就會看到我與伊莉莎白一路遊覽的風光，那些歡樂，那些美景還有她溫柔的眼神。而她現在已經成為一個幻影與回憶了，淚水再度潰堤。

偉大的上帝啊！如果當初有那麼一剎那，我能猜想到那個惡魔的兇惡，我寧願永遠流放在家鄉之外，在世上孤單地流浪著，也不會有這場悲傷的婚禮。

魚兒一樣在清澈的水面下游著，陽光持續照耀，雲層依然時而隱藏時而升起，這些畫面都是與伊莉莎白的回憶，但是現在沒有一樣東西和昨日相同了。突如其來的劇變叫人怎麼承受？邪惡的惡魔已經徹底摧毀我了。

*

我抵達了日內瓦。看見父親與恩尼斯特都還活著感到欣慰，但是我帶回來的噩耗卻讓父親倒下了。一位期待看到孩子幸福的老人家，失神地望向遠方。他全心全意呵護著伊莉莎白，照料她更甚於親生骨肉。這個不幸的消息讓他頓失一切生存的動力，年歲已高的他無法再從床上起身了，幾天之後因爲極度的悲傷，在我的懷抱中死去。

我已失去了感覺，有時候會夢到年少時期與朋友在開滿花朵的草地上散步，在溪谷間玩耍。但是醒來時，發現自己在一個土牢裡。後來從監獄被釋放出來，只因爲他們叫我瘋子，原來我在單人牢房裡住了好幾個月。

然而，自由對我而言毫無用處。我創造的那個怪物，那個被我帶到這個世界的可憐惡魔，只要他存在的一天，我就不是自由的。我祈求上天讓我抓住他，並且在他那可憎的腦袋上狠狠地敲下致命一擊。

我拜訪了鎮上的一位刑事治安官，告訴他是誰毀壞了我的家庭，我懇求他逮捕這個殺人犯。那個治安官專注地聽著我的控訴，他說：「先生，請放心，我一定不遺餘力地找出那個惡棍。」

「謝謝你，」我答道：「我接下來要說的故事，你可能會抱持懷疑，甚至會判定我是在說夢話，但是我沒有說謊的動機。」我堅定地說著。一心只想要追捕那個惡魔，直到死去。我開始簡短地敘述發生的所有事，神情正經地說著，發生地、日期都精確地指出，壓抑住所有情緒性的宣洩與字言。

治安官感到不可置信，表情從驚訝懷疑到嚴肅傾聽，我注意到他有時候感到害怕而顫抖，有時候則是流露出驚愕的神情。

我說：「這個人，我請求你用盡一切辦法來逮捕並且監禁他。這也是你身為治安官的責任，而我相信你。」

而他就像在聽幽魂與超自然的靈異故事一般，半信半疑地聽著我的請求，他溫和地答道：「我願意提供各種你需要的協助。但是你說的那個人似乎具有各種本領。有誰能夠追趕一個可以橫越冰海，能長居於深山、野林、洞穴與獸窩的動物呢？而且，事情發生至今已經過了好久，沒有人能夠知道他現在流浪到哪裡，或是居住在哪裡。」

「我可以肯定他就徘徊在我家不遠處。如果他眞的躲藏在阿爾卑斯山上，我們可以像獵捕岩羚羊一樣追捕他，把他當成野獸一樣殺了他。我知道你不相信我，所以不打算全力制裁他。」我的雙眼充滿了怒火。

治安官趕忙答道：「你錯了，我會盡全力。追捕兇手是我的職責，我一定會要他付出代價。但是根據你對他的描述，我即便派出所有的人，或是用盡一切方法仍抓不到他，那麼你一定會感到失望。」

「不是的，我的復仇對你而言微不足道。但他的確犯下了罪行，當我想到我創造的怪物——殺人兇手——仍然活著的時候，我就受盡折磨。你拒絕了我的請求，那我就只有一個辦法。我要獻出我自己，不管是生或死，都要毀滅他。」

我全身因爲憤怒而顫抖著，但是眼前的日內瓦治安官，像護士對待孩子般安撫著我，我在他眼裡只是個精神錯亂的人。

「老兄，」我放聲大叫：「你是多麼的無知啊！住嘴！你根本不知道你做了什麼，你放任一個殺人兇手在外自由行走著！」

我衝出屋外，決定另想辦法捕獲那個怪物。

第十七章 追捕

我無法思考。於是決定永遠離開日內瓦——我的家鄉，我準備了一筆錢，帶上一些母親的珠寶離開了日內瓦。開始了流浪的生活，只要我還活著，我就不會停止流浪。我越過了大半的地球，承受著沙漠與原始荒野的磨難。我不知道自己是怎麼存活下來的。有好幾次我四肢已無力地伸直躺在沙漠上，祈禱著死亡的降臨。但是一想到那個怪物，復仇的想法讓我活了下來，我還不能死去。

當我離開日內瓦時，我繞著城鎮的邊緣徘徊了數個小時，不確定應該走哪條路。夜晚，我來到了威廉、伊莉莎白以及父親安息的墓園入口，我走進了墓園，站在墓碑旁。除了風吹撫樹葉的聲音，一片寂靜漆黑。

他們已經死了，而我還活著，殺害他們的兇手也還活著。所以我必須活著直到殺了兇手。我跪在草地上，親吻著地面，雙唇顫抖著吶喊：「以神聖的土地之名，以在附近徘徊的幽靈之名，以我深切永恆的悲痛之名，我發誓。還有，神聖的夜晚，以及精靈之名，我發誓。追捕那個怪物，惡魔，直到他或是我死去爲止。我將會再次凝視眼前的陽光，站在青青草地上，活下去。所以我請求你們幫助我、引導我。讓那個該死的怪物深飲臨死的痛苦，讓他感受到折磨著我的絕望。」

我誠摯地祈求著，懷抱著敬畏之心，我感受到威廉、伊莉莎白與父親的靈魂聽見了我的祈禱。

然而這時，一聲響亮的殘酷笑聲劃破寂靜的黑夜。聲響在我的耳邊環繞著，山脈也複誦著，好像世界萬物都帶著嘲弄的笑聲包圍著我。

笑聲逐漸止息。一個熟悉的聲音靠近我的耳朵，低語著對我說：「悲慘的可憐人！恭喜你，你已經決定要活下來了，一同享受孤獨吧！」

我撲向他，但是那個惡魔躲過我。突然間斗大的月亮升起，月光照射在他可怕扭曲的身形上，我看見他以驚人的速度逃離。

接下來的幾個月我一直在追趕著他。沿著蜿蜒的河流追蹤著他，追蹤到藍色

的地中海，一度看到那個惡魔趁著黑夜躲藏到一艘準備前往黑海的船上。我也搭上了同一艘船，在船上卻遍尋不著他，他逃走了，不知道是如何逃走的。

我一直跟隨著他的蹤跡。有時候，曾撞見他的農民們會透露他的逃亡方向給我。有時候他會刻意留下足跡引誘著我，以免我絕望而死。大雪落下，我可以看到他巨大的腳印留在白色的曠野上。我追捕著一個惡魔，卻也同時伴隨著善良的精靈，迷途時指引我方向，精疲力竭時在荒野中爲我備妥食物。是的，我相信是我祈求協助的精靈們爲我準備的。因爲當天空晴朗無雲，感到口渴燥熱時，一小片烏雲會及時出現，降下救贖的雨水。

我盡可能沿著河岸追捕他，但是他通常會避開這些有村落聚集的地方。我會在鮮少人煙處以野生動物裹腹，身上的錢財，多半分給了村民們，以便獲得他們的信任與幫助。或者我用些許獵殺的食物，交換取得柴火和烹飪用具。

這樣活著多半讓我感到痛苦，唯獨筋疲力竭躺下休息時讓我獲得片刻的愉悅，睡眠引領我至夢境天堂。在夢裡我會見到威廉、父親、伊莉莎白還有克萊佛，還有我鍾愛的家鄉。可以看到父親慈祥的面容，聽到伊莉莎白悅耳溫柔的聲音，克萊佛在夢裡也變得健康有活力。因此，我總期待著夜晚的來臨，再疲累再無力，都期待著在夢裡與他們擁抱相會。有時候白天清醒時，他們的模樣縈繞在我心頭，彷彿他們不曾逝去。

我無法知道那個惡魔是怎麼度過每一日的追捕，有時候，他會在樹皮或是石頭上刻印，一次次地挑動我的怒火。

我對你的玩弄還沒結束，只要你還活著，我就充滿力量。跟著我，到北方不朽的冰原，在那你將感受冰凍的痛苦，而我將不受影響。如果你有跟上我，這附近有隻死掉的野兔。吃了牠，並重新打起精神跟著來吧，我的敵人。我們的搏鬥還未結束。終點來臨前，你還有著很多艱難痛苦的時刻。

可憎的惡魔！我再次誓言復仇，再次下定決心要極盡所能地折磨他。我往北追逐著，雪下得更厚了，嚴峻寒冷的天氣讓人幾乎無法忍受。人們都躲在小屋裡，只有少數耐寒的壯士冒險出門捕食。河流被厚重的冰層覆蓋著而無法捕魚，因此我將面臨飢餓的折磨。

我的敵人為此而歡呼。

你的困境才剛開始。用毛皮將你自己包裹起來，並且儲存好食物吧！因為下一段旅程，我將在你痛苦絕望的吶喊中平息我的憤怒。

愚蠢嘲弄的文字再度讓我恢復了氣力。我祈求上天幫助我。我持續穿過無邊無際的荒野，直到遠方出現了海洋，地平線的邊界啊！與南方的蔚藍海洋是多麼的不同啊！

一片荒蕪的景象，使我只能藉由突起的地面來辨別陸地與冰層。在抵達海灘前，我取得了一部雪橇與幾隻狗，因此可以用極快的速度橫越雪地。我發現自己漸漸逼近他了，甚至一度察覺他只領先我一天的路程，所以我希望在他抵達海灘前可以抓到他。

因此，我加速追趕著，在兩天內抵達了海岸邊一個貧瘠的小村莊。我詢問居民有關那個惡魔的消息，他們說，一個巨大的怪物的確在昨晚抵達這裡。但他可怕的面容與龐大的身軀，嚇跑了一間農舍裡的居民。怪物拿走了他們儲存的冬季食物，放在一部雪橇上，他還捉了許多受過訓練的狗來拖拉那部雪橇，並在同一天晚上出發穿越海洋。居民們認爲碎裂的冰層與嚴峻的低溫會凍死他。

這消息讓我感到洩氣。他逃離了，我必須跟上他，不得已開始一趟穿越海洋冰層的旅程。即便是當地居民，也只有少數人能長期承受嚴寒，何況是我，幾乎是沒有存活希望的。在稍微休息之後，我將陸上雪橇換成一部適用於崎嶇冰層的雪橇，並購買了大量的補給品後離開。

巨大的冰山時常擋住我的去路，同時海洋冰層底下也時常發出轟隆聲。氣候更加嚴峻，但冰層也更加穩固了。

我猜測已經過了三個星期了，我持續懷抱著希望。有一隻狗在爬上了一座冰山後，因爲精疲力竭而倒地死去。我難過地流著淚望著眼前的冰原，突然間，在陰暗的曠野上看到一個微小的黑色物體在移動，我睜大眼睛想看清那是什麼，是一個有著巨大身形的怪物坐在一部雪橇上，那個身形我再熟悉不過了，我狂妄地大叫著。趕緊將淚水擦掉，但是我的視線仍然變得模糊，最後還是放聲大哭了。

但一刻也不能耽擱啊！我邊哭邊將那隻死去的狗解開，將大量的食物給剩下的狗兒們。休息一個小時後就繼續趕路，這一個小時的休息使我很掙扎，我仍然看得見那部雪橇，偶爾雪橇會消失在冰岩峭壁之間，但我從未讓他離開我的視線。兩天後，我終於僅剩不超過一英哩就可以追上他，我的內心因而激動地跳躍著。

當我以爲幾乎可以一把抓住敵人的時候，他再次消失了，而他的蹤跡也比之前消失得更加徹底。我聽到冰層底下轟隆前進的聲音，每一刻都變得更加不祥與可怕。強風颳起，海水怒吼著，像是一陣劇烈的地震，冰層裂開了，一聲爆裂聲將我和他的距離遠遠地拉開了。幾分鐘之內，我們之間就隔著一大片翻騰的海洋，我被留在一塊破冰上飄浮著，而它持續地縮小著，是時候準備面對死亡了嗎？

狗兒一隻隻地死去，而在我也差不多要跟著從此沉睡時，一艘船靠近了我，我趕緊握住獲救的希望。我沒有想過有船可以來到如此偏遠的北方，我打破雪橇做成船槳，用盡剩下的所有氣力將冰筏朝向船隻划動。船上的人拋下繩索將我拉到甲板上，而我還未脫離死亡的威脅，仍然害怕就此倒下，因爲那個怪物，那個惡魔，他還活著，還得意地看著我受盡折磨啊！

第十八章 終點

船長是一名抱持著研究熱忱的航海家，他叫華爾頓。他的船隻正面臨缺糧危機和冰層的挑戰，當船員們都嚷嚷著該返航回程時，他仍抱持著發現新大陸的希望，但他先發現了我，他將我安置在船艙中的一間房裡養病。他聽著我娓娓道來所有事情的經過，起初他就和之前的日內瓦治安官一樣，對我所說的一切都抱持著懷疑，但是在救了我之前，他們曾在冰層上看到一個體態畸型的人在一部雪橇上移動著，那個怪異的景象，華爾頓和他的好幾名船員都看見了。

華爾頓是一名紳士，他吩咐船醫細心照料著我，讓我能在一天之中仍有幾刻是清醒的。由於我虛弱得連開口說話都得用盡身上所有力氣，所以我花了好幾天的時間，一一將我的故事告訴他，而他必須在我昏厥前串連我支離破碎的故事。

最後的幾天，他已經完全相信了我的故事，甚至對我創造怪物的詳細過程很

感興趣。我當然不會透露這個邪惡的工作給任何人知道。

「你瘋了嗎？我的朋友，」我說：「是無知的好奇心誘惑你呢？還是你也想像我一樣，給自己和世人創造一個兇惡的敵人嗎？記住我的不幸，不要想陷入這個地獄。」

華爾頓習慣將我吐露的話語做下紀錄，我請他讓我看看，好讓他在筆記裡改正和補充。「既然你要記載我的故事，」我說：「我不希望後代子孫看到的故事是支離破碎的。」

我的狀態一天比一天糟，自己的求生意志也一天比一天的薄弱，即使我知道那個惡魔還等著我去追捕，但我身體的疲累與痛苦，已經讓我失去對一切事物的感覺。華爾頓好幾次試圖改變我對生存的想法，他渴望與我做朋友，從他的眼神中，可以看出他對我的欽佩，然而，我在世上已不具備任何擁有朋友的資格。

「華爾頓，我要感謝你，謝謝你對一個如此不幸的可憐人，如此的體貼。但是對我而言，沒有任何人能像克萊佛一樣，也沒有任何人能像伊莉莎白一樣撫慰我的心靈。即使有，也不敵我們童年時期的情感，因爲這樣的兒時情誼，讓我現在被折磨著。結交朋友已不是我所剩的生命裡該做的，我必須追逐並且殺死那個我親手賦予生命的人，這才是我的命運，完成後我就可以死去。」

*

華爾頓的船隻被冰山包圍著，隨時有可能在碎冰的衝撞中遇上險境。酷寒的氣候使船員們已經在險峻的環境中物色自己的葬身之處。我的狀態也日益惡化，即便一度能恢復精神與華爾頓談話，雙眼閃爍著熱切的希望，但是不一會兒就氣力盡失昏厥過去。

冰層開始移動了，聽得到遠處雷聲般的轟鳴聲，就像眾多島嶼在四面八方爆裂開來。險惡的情況讓華爾頓的船員開始反抗他，即便他希望船員能爲光榮繼續航行，但最後還是耐不住生存的壓力，決定返航回英國。這個消息讓我陷入更深沉的絕望，那個怪物還在北方的荒原上等著與我搏鬥。

「那麼你眞的要回去了嗎？」我說。

「唉！是的。我無法抵擋他們的要求。我不能不顧他們的意願，強硬地將他們引向危險，所以我必須返航。」

「那就這樣做吧。但是我不願意，我不會放棄我的復仇。即便我再虛弱，我都不會放棄。」我努力地想從床上起身，但是我使不上任何力氣，掙扎著許久後跌回床上，再度昏了過去。

過了很久我才張開雙眼，華爾頓有好幾次都以爲我是否就此再也不會睜開雙眼了。我困難地呼吸著，無法開口說話。船醫給了我鎮靜藥水，讓我再度睡去。船醫同時向華爾頓宣判了我的死期。我只剩幾個小時的生命了。

華爾頓坐在床邊看著我。我盡可能地睜開雙眼，虛弱地請他將耳朵靠近我，我竭盡所有力量對他說：「我的力量將消失殆盡。很快地就會死去，而他，那個怪物可能仍然活著。華爾頓，在最後的時刻裡，我依然希望見到他的死亡。這幾天，我回想起很多事。因爲對生命的狂熱，我創造了一個生物，在能力範圍內，我該確保他的幸福。雖然這是我的責任，但是我對人類的責任更勝於他的幸福，所以我選擇了摧毀他的幸福。他展現出的邪惡與自私，超越我能預料的，我的家人、我的朋友、我的妻子，都慘死在他的魔掌下，那麼我的復仇便是理所當然的。他必須死，消滅他是我的責任，但是我已經失敗了。

「你就要返回英格蘭了，你或許有機會與他相遇。但我不敢請託你為我復仇。

「想到我離去的那一刻他還活著，就讓我感到憤怒。但是同時，死亡將是另一種解放，幾年來我第一次感到放鬆。威廉、伊莉莎白、克萊佛以及我的父親，我將追隨他們而去，我彷彿看到他們前來迎接。再見了，華爾頓！請在平靜中尋找幸福，即使在科學與探索的領域裡傑出，也請克制你強大的野心。別讓野心征服你而招致毀滅。」

我的聲音愈來愈小，最後衰弱無聲。我想再開口說話卻無能為力，我握住華爾頓的手，輕輕地對他微笑後永遠地閉上了雙眼。

第十九章 告別

他在我面前閉上雙眼，臉部因爲那一抹微笑而掠過一絲光芒。我親愛的姊姊，妳對我信裡提到的故事一定感到難以置信。或許妳也會認爲我遇到了一個發神經的人，但由於遇到他的前幾天，船員們與我在冰層上看到了一個叫人驚駭的景象，那個坐在雪橇上的巨型怪物，他的身形就如我這位剛死去的朋友所形容的一樣，有著超乎常理的體態。足以讓妳以爲妳在惡夢中遇到了鬼怪。

這位朋友對科學，對人生的見解使我敬仰。但我無法爲他做點什麼，每回想激起他的求生意志都宣告失敗。他的離去讓我流下了淚水，加上我們現在正航向英格蘭，什麼時候我能夠再獲得如此長程航行的機會呢？

當我還在爲我的朋友哀悼時，我聽到了粗啞的聲音，從弗蘭肯斯坦的房間傳來的。於是我起身走到他的房間，老天啊！房內天花板處懸掛著一個難以比擬言喻的龐大身軀，比例是扭曲的。他的臉被雜亂不堪的長髮遮蓋住，伸出了一隻叫人作嘔的大手垂掛著，皮膚的顏色與紋理比木乃伊還要蒼白。他看到我時，發出了讓人顫慄的悲鳴與吶喊聲，接著跳向窗戶。我清楚地看見他的臉了，多麼的醜陋呀！我不由自主地閉上雙眼，那一刻我想起弗蘭肯斯坦的遺言，於是請求他留下。

那個巨型怪物停了下來，納悶地看著我，再看向他的創造者。「那是我的受害者！」他放聲怒吼：「我的罪行完整了！啊！弗蘭肯斯坦！現在要求你饒恕又有什麼用呢？你鍾愛的所有人都被我一一殺害了。」

他的怒吼讓我產生了好奇，原先想爲弗蘭肯斯坦復仇的想法動搖了。我靠近他，盡量不去直視他的臉、他的眼，因爲他的醜陋能瓦解勇氣，讓人持續發抖著，我試圖開口說話，但卻說不出口。那個怪物持續發出狂吼與自責。最後，我下定決心對他說：「你的出現，」我說：「已經是多餘的了。你殘忍的復仇罪行已到了任誰也無法寬恕的地步。你良心的聲音，以及自責的刺痛都已經毫無用處了，如果你能早一點發現，弗蘭肯斯坦和他所愛的人們就都不會死了。」

「你在作夢嗎？」那個怪物說：「難道你以為我會因爲自責而死去嗎？他，」他指著屍體繼續說：「他還沒有受到懲罰，在他身上的折磨還不夠！那些都不及我所承受的千分之一。你以爲我在復仇時心情是愉悅的嗎！我的心和你們是一樣的，我也會愛、憐憫、同情與責難，憎恨時也承受著劇烈的痛苦，是你無法想像的痛苦。

「殺了克萊佛後，我心痛地回到了瑞士。開始憐憫弗蘭肯斯坦，但是當我發現他膽敢期待幸福，膽敢棄我於不顧而去奢求幸福，無止盡的嫉妒與憤怒，讓我想起我對他的威脅，所以那該是我對他最致命的復仇了。我無法違抗命運的驅使，如果邪惡、凶狠該是我的本性，那就讓我滿足自己的私慾，折磨他！」

憤怒再度於我內心中點燃。「混蛋！」我說：「你這是縱火燒掉房子後坐在裡頭哀悼哭泣！虛僞！你那不是憐憫，你是因爲失去了折磨的對象而悲傷。」

「不是這樣的，不是！」他插嘴道：「沒有一個人可以體會我的不幸，我永遠得不到別人的同情。當我還保有人性之初的善良與單純時，所有人拒我於外，關愛與憐憫對我而言是虛幻的！是人類逼迫我享受孤獨，逼迫我藉由復仇獲得滿足！曾經愚蠢地以爲能有人包容我的外形，願意了解我而接納我。我也是有機會成爲高尚的人的！但是犯下的罪行，已經將我變成一個邪惡的惡魔。弗蘭肯斯坦死後還有親人朋友相伴，而我自始至終都將獨自一人。

「弗蘭肯斯坦跟你說的故事中，無法概括我所承受的一切，你覺得公平嗎？我還是希望得到愛與友誼，但我終將遭人唾棄與排斥。難道我是唯一的罪人嗎？村民對我丟石頭攻擊我。菲力克斯，農舍裡的年輕人無禮地將我趕出門外。威廉，連不受世俗偏見影響的孩子都對我大喊怪物。弗蘭肯斯坦是應該對我負起責任的創造者，但他也違背承諾無視於我該有的幸福。你，爲什麼不責怪這些人？他們都是善良清白的嗎？而我這個不幸被遺棄的人，發育不全體態畸形的人，被唾棄、攻擊與傷害。如此不公平的待遇，我卻是唯一的罪人嗎？」

怪物的聲音、眼神讓我分不清是失落還是憤怒，在一連串的吶喊之後，他靜默了一會兒。然後他再次開口：「不過我確實是個混蛋。殺害了無助的人們，在睡夢中勒死他們，雙手使力地掐住不曾傷害過我的人，直到他們斷氣爲止。我一心只想讓我的創造者不幸，逼迫他毀滅，讓他失去一切受人讚揚的天性。現在他躺在那裡，蒼白而且冰冷。你們對我的厭惡比不上我對自己的憎恨。我看著自己的雙手，回想起復仇時的種種景象，我希望那些永遠不會再出現了。

「你不必擔心誰會是下一個受害者，我的復仇已經結束了，而且不再具有任何意義了。我會離開你的船，前往地球最北端，撿拾自己的火葬柴堆，將這個可憎的身軀燒毀成灰燼，邪惡的壞蛋將從此消失。

「我會坦然面對自己的死亡，不再感到痛苦。不再看到太陽或是星星，或是感受吹在我雙頰上的風。所有意識都將停止，但我會因此解脫。」

他再次靜默，這一番言論勾起我心中一絲絲的憐憫，但當我想嘗試直視他的臉時，一股無法克制的厭惡感再次油然而生。他依然是那個犯下不可饒恕的罪行的惡魔！「現在，」他持續說道：「夏日讓人振奮的溫暖、樹葉沙沙作響與鳥兒的囀鳴聲，這些回憶，都將伴隨我入眠。」他看向我：「別了！你將是我這雙眼睛最後看到的人類。別了，弗蘭肯斯坦！如果你還活著，而且還懷著報仇的欲望，那麼我的離去將能滿足你。你對我的仇恨不會大於我的苦惱與悔恨，因爲自責的刺痛將不會停止。」

語畢，他從船艙的窗戶跳出去，落在靠近船隻旁的冰筏上。很快地，海浪便將他推遠，消失在遠處的黑暗之中。

結束

蘋果文庫 × 貓戰士

蘋果文庫會員招募活動 開跑啦！

集點抽「貓戰士鐵製鉛筆盒」

活動內容：

即日起凡購買蘋果文庫書籍，就有機會獲得晨星出版原創設計「貓戰士鐵製鉛筆盒」乙個。

參加辦法：

1. 剪下書條摺頁內蘋果文庫專用參加卷，集滿 **3 顆蘋果**，貼到蘋果文庫專用讀者回函並寄回，就有機會獲得晨星出版獨家設計的**「貓戰士鐵製鉛筆盒」**乙個喔！
2. 參加卷僅限使用於蘋果文庫會員招募活動，不得用於其他蘋果文庫優惠活動。
3. 本活動僅限使用蘋果文庫專用參加卷與蘋果文庫專用讀者回函，其餘參加卷皆視為無效。
4. 每週將抽中 10 位幸運者，中獎名單將公佈於 http://star.morningstar.com.tw/
5. 晨星出版保留、修改、終止、變更活動內容細節之權利，且不另行通知。

國家圖書館出版品預行編目資料

科學怪人 / 瑪麗・雪萊(Mary Shelley)著；孟劭祺譯；-- 初版. -- 臺中市：晨星，2017.01

面；　公分.--（蘋果文庫；82）

譯自 : Frankenstein

ISBN 978-986-443-217-2（平裝）

873.57　　105023198

蘋果文庫 082

科學怪人

作者 | 瑪麗・雪萊(Mary Shelley)
譯者 | 孟劭祺、繪者 | 伍迺儀
責任編輯 | 呂曉婕、文字校對 | 賴紋美、呂曉婕
封面設計 | 伍迺儀、美術設計 | 張蘊方

創辦人 | 陳銘民
發行所 | 晨星出版有限公司、台中市407工業區30路1號
TEL:(04)23595820 FAX:(04)23550581
E-mail:service@morningstar.com.tw
http://www.morningstar.com.tw
行政院新聞局局版台業字第2500號

法律顧問 | 陳思成律師
郵政劃撥 | 22326758（晨星出版有限公司）
讀者服務專線 | 04-23595819#230
初版 | 西元2017年01月01日
印刷 | 上好印刷股份有限公司

ISBN | 978-986-443-217-2
定價 | 199元

Printed in Taiwan